原著[苏联]亚历山大·别利亚耶

每天读一点·世界科幻文学名著

水陆两栖人

改编 王春玲

一个神秘"海魔"的传奇历程
一场真善美与假丑恶的激烈斗争
一个文学与科学巧妙融合的故事

济南出版社

图书在版编目(CIP)数据

水陆两栖人 / 王春玲改编. —济南:济南出版社,
2014.6(2024.9 重印)

(每天读一点·世界科幻文学名著)

ISBN 978 - 7 - 5488 - 1146 - 6

Ⅰ.①水…　Ⅱ.①王…　Ⅲ.①科学幻想小说—苏联
Ⅳ.①I512.45

中国版本图书馆 CIP 数据核字(2014)第 140374 号

责任编辑　张伟卿　张慧泉
封面设计　侯文英
封面插图　李爱民

出版发行　济南出版社
地　　址　济南市二环南路 1 号(250002)
编辑热线　0531 - 86131741
发行热线　0531 - 67817923　86922073
印　　刷　肥城汇文印务有限公司
版　　次　2015 年 1 月第 1 版
印　　次　2024 年 9 月第 3 次印刷
成品尺寸　150mm×230mm　16 开
印　　张　10.25
字　　数　123 千
定　　价　38.00 元

(济南版图书,如有印装错误,请与出版社联系调换。联系电话:0531 - 86131736)

给幻想插上坚实的翅膀（代序）

亚历山大·别利亚耶夫（1884—1942）出生于沙俄时代闭塞的外省城市斯摩棱斯克，他从小耽于幻想，是儒勒·凡尔纳、威尔斯的科幻小说迷。他学习过法律、音乐，在十月革命后又从事儿童工作多年，和天真无邪、充满幻想的孩子在一起更加激发了他的想象力。他在童年时代由于幻想飞上天空，以孩童的幼稚从房上纵身跳入空中，其结果酿成了他患病卧床不起的灾难，整整被禁锢在床上 3 年，瘫痪威胁着他。但他并未被困难吓倒，而是大量阅读医学和生物学书籍，翻阅各种刊物，最终走上了科幻作品创作之路。从 1925 年开始发表长篇科幻小说至逝世，共创作了 17 部长篇科幻小说、几十部中短篇科幻作品，如《道尔教授的头颅》、《水陆两栖人》、《瓦格纳教授的发明》、《太空飞船》、《最后一个大西洲人》、《神秘的眼睛》、《找到面目的人》、《雪人》等，成就令人赞叹，成为与凡尔纳和威尔斯比肩的科幻小说作家。

别利亚耶夫有丰富的科学知识，因此他的科幻小说并不是天马行空的想象，而是建立在自然科学与社会科学结合的基础上。《水陆两栖人》是他的代表作，该作品的主题是"完善人类"，使人具有更多更强的能力，从而征服海洋，获得更广阔的活动空间。《水陆两栖人》这部小说的魅力是多重的，它有扣人心弦的故事情节，细腻丰满的人物形象，大胆的科学幻想，为我们描述了一个能力超凡的人，一个奇异的世界。而这一切幻想都有坚实的科学依据，水陆两栖人并不是幻想出来的生物，而是通过手术对人进行器官移植和人体功能的改进来完成的。作者深入浅出地讲了很多医学知识，而且也剖析了复杂的人性，表现了一场真善美与假恶丑的激烈斗争，讴歌了正义和善良，具有震撼人心的艺术魅力和道德力量。

通过阅读《水陆两栖人》，会了解丰富的医学、海洋、宗教等方面的知识，而且认识到人类社会的复杂，会更加珍视真、善、美的力量。

目 录

面了，里面有一个半人半兽的身躯在苍白的月色下挣扎……

回来，萨里瓦托尔竟然真的要带他去看……

那个水池的底下竟然别有洞天，在这里，克里斯多见到了真正的"海魔"……

水陆两栖人伊赫利安德尔有着独特的爱好和习惯，过着与人类不同的生活，他似乎是更优秀的人类……

伊赫利安德尔救了一个美丽的姑娘，他很想留在她身边，却又不得不无奈地看着她和别人一起走了……

克里斯多终于有机会和水陆两栖人单独相处，在他的鼓动下，伊赫利安德尔即将离开那个神秘的城堡……

人类喜欢繁华的城市，可这里令伊赫利安德尔感到异常难受。他跟着克里斯多穿过人群，到处寻找他喜欢的那个姑娘……

美丽的姑娘使伊赫利安德尔沉迷，他却不知该如何表达。他独自冲进大海，在深处沉思……

在珍珠铺意外地碰见蓝眼睛姑娘之后，伊赫利安德尔窘得跑出铺子，向海边奔去。现在，他又想和姑娘结识了，他想把

一颗昂贵的珍珠送给她……

第 一 章

奇怪的声音

夏夜的海滩非常宁静，突然传来一阵奇怪的声音，这声音令那些采珠人惊恐万分，他们决定马上离开……

这是阿根廷的一个夏夜，热气渐渐消退，天空繁星密布，采珠归来的"水母号"安详地停泊在港口，海洋似乎也进入了梦乡。

"水母号"是艘小帆船。此时此刻，甲板上躺着许多半裸的采珠工人，可能是太累了，他们熟睡时也会翻来覆去。偶尔有人手脚突然抽搐起来，也许他梦见了自己的敌人——吃人的鲨鱼。

出海采珍珠是很辛苦的工作，炎热的天气，更使得工人们汗流不止，心情烦躁。他们采完珍珠归来，疲惫得连把划子搬上甲板的力气也没有了。船头和甲板周围一堆堆珍珠贝壳、珊瑚石碎片也没人去收拾。不过这也没关系，没有迹象预示天气会变，等休息好了再收拾也来得及。

有一个采珠工人爬起来，迷迷糊糊地摇晃着身子走到水桶前，从里面舀了一杯水喝。其实，采珠工人每天都饱受饥渴的折磨，早晨干活前吃东西有危险，因为人在水中受到的压力太大了，所以他们整天都空着肚子干活，临睡时才能吃东西。

在这群采珠工人中，有个叫巴里达札尔的人。巴里达札尔年轻时是个著名的采珠手，据说他能够在海底停留 90 秒甚至 100 秒——比普通人多一倍。

巴里达札尔从众多的采珠人中脱颖而出是经过了艰苦训练的。当他还是个 10 岁左右的孩子时就拜了师傅开始学艺。师傅常常这样训练他：把一块白石头或一个贝壳扔到水里，然后命令他："潜下水去，把它拣上来！"师傅扔得一次比一次深，如果他拣不到，师傅就用细麻绳或者鞭子抽打他。后来，为了让他在水底停留的时间更久，经验丰富的师傅亲自潜到海底，把一只篮子或一个网缚在锚上，然后让他潜到水里去把它解开，要是没在规定的时间内解开，他就要吃一顿鞭子或者细麻绳。几年来，巴里达札尔无数次潜入海底，也遭受了无数次无情的毒打，但他终于成为当地最著名的采珠手，挣到了不少钱。

采珍珠是很危险的职业，一不小心就会葬身海底，受伤更是经常的事。巴里达札尔右脚被鲨鱼咬成残废，锚链又刮伤了他的肋部。年纪大了，巴里达札尔就在首都布宜诺斯艾利斯开了一家店铺，专门经营珍珠、珊瑚、贝壳和海上的奇珍异品。

多年来，巴里达札尔习惯了潜入海底的感觉，店铺里的安逸生活让他感到无聊，所以他常常把店铺交给家人，自己跟随那些工人去采珍珠。

老板们都很器重巴里达札尔，因为没人比他更熟悉拉普拉塔海湾及沿岸有珍珠贝壳的地方；采珠工人也非常尊敬他。他还把这行业的一些诀窍教给年轻的采珠手，比如：怎样屏住呼吸；怎样击退鲨鱼袭击；怎样瞒着主人把稀有的珍珠藏起来……

现在，巴里达札尔坐在一只小木桶上，悠然地吸着一支粗雪茄。他有一张长方形的脸，颧骨不高，鼻梁端正，一脸的皱纹却掩不住那双大眼睛的光芒。不过，巴里达札尔的大眼睛此刻也疲惫了，眼皮沉重地垂下来，又慢慢地抬上去，他在打盹。但是他

的耳朵依然清醒着，即使在他沉睡时，两只耳朵也仍然能提防着随时到来的危险。

巴里达札尔渐渐进入了梦乡。这时，从遥远的海洋深处传来两种声音，过了一会儿，这声音在近一些的地方又响了一次。仿佛有人在吹号角，随后，似乎是一个朝气蓬勃的青年人在呼喊"啊——"，接着声音更高了，"啊——啊!"这悦耳的号角声不像刺耳的轮船汽笛声，呼喊声也和溺水者的呼救截然不同。这是一种完全陌生的声音，以前似乎从没听过。这声音惊醒了巴里达札尔，他站起身，觉得头脑已清醒过来。他走到船边，平静的海面上一个人也没有，非常宁静。巴里达札尔用脚推推躺在甲板上的一个印第安人。当这个印第安人爬起来时，巴里达札尔轻轻告诉他："有人在喊叫，这恐怕是他……"

"我什么也没听见啊。"印第安人一面跪着侧耳倾听，一面也同样轻声地回答。

突然，沉寂又被号角声和喊声冲破了："啊——啊!"

印第安人一听见这声音，像突然挨了鞭打似的弯下身子，惊叫着："对，这恐怕就是他!"

他的叫声打破了黑夜的宁静，其他的采珠工人也都醒来了。

他们爬到灯笼照亮的地方，神情紧张地倾听着。仿佛号角声又似人呼喊的声音在远处又响了一次，接着一切又沉寂下来。

"这一定是他……"

"不能在这儿待下去了！"

"他比鲨鱼还可怕呢！"

"把老板请来吧！我们请示一下，必须马上离开！"

 **有感而发** ....

　　巴里达札尔是个出色的采珠人。精湛的技艺、对周围事物敏锐的观察力，无论从事何种职业，这都是一些非常重要的能力。

第 二 章

神秘的"海魔"

> 没有一个人见过"海魔",关于他的传说却越来越多,不仅渔民恐慌和惊讶,也引起了当地政府和科学家们的关注……

采珠工人们正议论纷纷,这时,传来一阵光脚走路的声音,老板彼得罗·佐利达走上了甲板。

他留着毛茸茸的拿破仑式的胡子，穿着一条麻布短裤，宽皮带上挂着手枪套。佐利达走到人群跟前，高声问："出了什么事？"

大家七嘴八舌地说起来。

巴里达札尔举起手说："我们听见了他——'海魔'的声音。"

"胡说什么，赶快接着睡觉，赶明儿还要趁早出海呢！"佐利达命令他们。

"你做梦吧！我们一定要走！"采珠工人们嚷起来。

佐利达不想和工人们争论，更不想返航。为了这次出海，他投入了很大的成本，可不能让那些亮闪闪的珍珠埋在海底，他们就这样带着不多的收获回去。可是，他无法说服这些印第安人，他们很激动，威胁说，如果佐利达不起锚，明天他们就上岸。佐利达只好妥协了。

"让这个可恶的'海魔'见鬼去吧！好的，天亮时起锚。"佐利达一路唠叨着回了自己的舱房。他恼恨这吓唬渔民和采珠人的"海魔"，还没有一个人见过这怪物，可是人们编造了很多关于他的传说。

"海魔"对一些人残酷无情，却又好心地帮助另一些人。有位年老的印第安人说："他是海神，1000年从海底出来一次，专门在海面上打抱不平。"

关于"海魔"的传说一传十，十传百，有好几个星期甚至成为小报记者和小品文作者爱好的题材。如果帆船、渔船在风平浪静的情况下沉没，或者渔网被弄坏，捕到的鱼突然失踪，他们就归罪于"海魔"。有时候"海魔"也做好事，他会偷偷把大鱼放进渔船，有一回甚至救起一个溺水的人。有一个溺水者说，他绝望地沉入海底的时候，感觉有人从下面托住他的背一直游到岸边，等他踏上沙滩，那人却隐没在汹涌的海浪里，海滩上留下了奇怪的脚印。最奇怪的是，关于"海魔"的传说很多，却没有一个人真正见过他。谁也描述不出这神秘怪物的模样，人们就按照自己的想象把"海魔"说成头上生角、蓄着山羊胡子、有一双狮子爪和一条鱼尾巴的怪物，还有人把他描述成长着人脚的有角的大蛤蟆。

布宜诺斯艾利斯的政府官员们起初认为关于"海魔"的传说不过是无聊的假想，并没有引起注意。可是渔民们愈来愈恐惧，不少渔民已经不敢出海，海鲜缺乏，居民吃鱼也成了问题。于是，地方当局决心调查这一事件。

警察队在海湾及其沿岸搜索了两星期，可是根本没见到"海魔"的踪影。警察局长发表公报说："海魔"根本不存在，这只不过是一些无知粗人的胡乱捏造，这些人已经被关起来了。

这公报暂时是有效了，可人们的神经刚放松了几天，"海魔"又出现在渔民的生活中。

一天夜里，几个离岸相当远的渔民被山羊的叫声吵醒了，这种叫声在海上可算得上是异常的声音。海上当然没什么山羊，渔民们却发现拉上来的渔网被割破了。

"海魔"重新出现也引起了科学家的注意，但他们依然认为，海洋里不存在科学不知道的海怪，这种海怪不可能做出只有人才办得到的事。然而，并不是所有的科学家都这样想。有的科学家引用德国著名博物学家孔拉特·盖司纳的话，因为他曾经记述过海女神、海魔。有几个老科学家写道："古代和中世纪的学者们所写的东西有很多是正确的，上帝的创造无穷无尽，对我们研究学问的人来说，下结论的时候应该虚心谨慎。"最后，为了解决争执，政府决定派出一个科学考察队专门去寻找"海魔"。

考察队和警察队一样没有遇见"海魔"，但是他们针对关于"海魔"的传说做出了详细的解释，披露了许多新细节。

考察队在报纸上发表的报告书里写道：

1. 在沙滩上的几个地方，我们发现了人的狭窄的脚掌踏出来的脚印。这些脚印从海里来，又回到海里去。不过，这些脚印可能是乘小船到岸上来的人所留下的。

2. 我们检查过的渔网都有切口，这些切口很像用锋利的刀子割的，也许是渔网钩着了尖锐的暗礁或沉没船只上的碎铁片因而被撕破。

3. 根据目击者叙述，一条被暴风雨卷到离海很远的岸上的海豚夜间被人拖回水里，沙滩上发现了脚印，好像长着长趾甲。大概有个软心肠的渔民把海豚拉回海里了。大家知道，海豚追猎鱼类，帮助渔民把鱼群赶到浅水滩，所以渔民们常常解救海豚的危难，奇怪的脚印痕迹可能是人的手指留下的。

4. 远离海岸的渔民听到了山羊的叫声，可能山羊被一个爱开玩笑的人带上小船，随渔民到了海上。

科学家们得出结论：没有一个海怪能够做出如此复杂的事情，很多关于"海魔"的传说不过是人们有意无意的误会。可是，这些解释不能使人人都满意，比如彼得罗·佐利达，他就在舱房内不停地踱来踱去，从头到尾回想着那些关于"海魔"的传说，尤其是今夜听到的奇怪的声音。

天亮了，佐利达正用热水淋头的时候听见甲板上传来惊恐的喊叫声。一群半裸身体、大腿间挂着一块麻布的采珠工人们站在船舷边，挥舞着手臂，乱糟糟地叫嚷着。

佐利达往下一望，看见夜间留在岸边的划子都被风刮到了离岸很远的大海里去了。昨天夜里明明是用绳子拴得牢牢的，是谁解开了它们呢？想到昨夜那奇怪的声音，佐利达心里一惊，但无论如何，他舍不得那些划子。

佐利达命令工人们把划子从海里收回来，但没有一个敢离开甲板，佐利达又把命令重复了一遍。

"你自己去遭受'海魔'的毒手吧！"有人回应说。

佐利达又气又急，禁不住伸手去摸枪套，这时巴里达札尔站出来说："鲨鱼没把我吃掉，现在我再拿这副老骨头去堵'海魔'的嘴吧！"于是，他把两手叠放在脑袋后面，从船舷跳进水里，向最近的划子游去。其他的采珠工人们走到船舷边，恐惧地注视着巴里达札尔。他虽然年纪不小了，但游得非常出色，没用多久便游到了划子那里。

"绳子是用小刀切断的，"他嚷起来，"切得真整齐！刀子像刮脸刀一样锋利。"

　　有几个采珠工人看见巴里达札尔没发生可怕的事情，也学他的样子去帮着收划子，而且，在佐利达答应增加工资的条件下决定暂时不回去了，毕竟出来一趟不容易，都想多赚点钱回去。

有感而发

　　没有人真正见过"海魔"，却有很多传说。"知之为知之，不知为不知。"对于未知的东西应该认真研究，不要想当然地随便下结论。

第 三 章

他骑在海豚上

　　"海魔"救了一个采珠工人的命，却没打消人们对他的恐惧。人们终于见到了传说中的"海魔"，他竟然骑在海豚上，那奇怪的模样更是令人惊诧万分……

　　正值盛夏时节，太阳才刚出来，阳光已经很毒。这时候，"水母号"已经在布宜诺斯艾利斯以南 20 公里的地方了，采珠人都带了划子开始工作。

　　有一只划子离岸边很近，一名采珠人用两腿夹住一块用布包裹的大珊瑚石，很快潜入海底。海水非常温暖、清澈，海底下的石头清晰可见。采珠人下到海底，弯着腰，开始敏捷地采集珠母，放进身边系在皮带上的小袋子里。他的工作伙伴手里握住绳子，弯身探出船舷，目不转睛地盯着海面，随时准备接应海底的采珠人。

　　突然，他看见采珠人猛地跳起来，挥动双手，一把抓住绳子没命地扯着，黝黑的脸被吓成了土黄色。究竟是什么东西把他吓得魂飞魄散呢？船上的伙伴俯下身，开始仔细往水里瞧，那儿确实有些异样。从暗礁突出的拐角后面冒出一股猩红色的东西，仿佛烟雾一般慢慢向四面八方扩散，把周围的海水染成了浅红色。紧接着，出现了一团深灰色的东西，这是鲨鱼的身躯。鲨鱼慢慢地转身，消失在礁石拐角后面。船上的人这才明白，他刚才看到的猩红色的东西是从海底冒出来的血，那儿究竟发生了什么呢？那个采珠人却不能马上回答，他抓着绳子爬到船上立刻就昏了过去。

采珠人终于苏醒过来，他的伙伴们把他团团围住，急不可耐地等待着他的解释。

采珠人把脑袋转动了一下，用沙哑的嗓音说："我看见了——'海魔'！"

"你真看见他了？"

"一条鲨鱼直冲我游来，又大又黑的嘴已经张开，就要把我吃掉。我想这下完了。接着，又游来了一个……"

"又游来了什么？另一条鲨鱼吗？"

"是'海魔'！"

"他什么模样啊？有没有脑袋？"

"脑袋？好像有的。眼睛跟玻璃杯口那么大。"

"要是有眼睛，那应当也有脑袋，"一个年轻的印第安人很有把握地说，"眼睛总得长在一个什么东西上面吧。他有手吗？"

"手像青蛙的一样，手指长长的，绿颜色，还有爪子和蹼。他本身像鱼鳞一样发光，他游到鲨鱼跟前，手突然闪了一下，'哗'的一声，血就从鲨鱼肚子里流出来……"

"他的脚是怎样的呢？"另一个采珠工人问。

那个采珠人试着回想："他根本没有脚，是个长着一条大尾巴的怪物，尾巴末端上还有两条蛇。"

"你比较害怕哪一个？鲨鱼呢还是怪物？"

"怪物！"他毫不犹豫地答道，"我更怕的是怪物，虽然他救了我的命。这怪物就是他……"

"对，是他。"

"'海魔'。"一个年轻的印第安人说。

"来救穷人的海神。"一个年老的印第安人纠正说。

关于"海魔"的消息迅速传播到海湾内的每只划子上，采珠工人们连忙赶回帆船，把划子都搬上船。

大家围住那被"海魔"救了命的采珠人，要他没完没了地重复叙述"海魔"的样子。他每讲一次，就增添一些新的枝节，他说怪物的鼻孔里喷出殷红的火焰，牙齿又尖又长，有手指大小，他的耳朵会动，两肋有鳍，后面是一条像桨一样的尾巴。

就在他讲述时，船主佐利达光着上身、穿着皮鞋一面在甲板上踱来踱去，一面留神听着采珠人的谈话。那人越是讲得津津有味，佐利达就越相信这全是因为他吓昏了而凭空捏造出来的东西。

就在这时，佐利达的思路突然被从悬崖后响起的一声号角打断。

这一声号角使"水母号"全体船员震惊得像听到霹雳一样。大家都被吓得脸色苍白，他们恐惧地望着悬崖，号角声是从那儿传来的。

一群海豚在离悬崖不远的海面上欢快地嬉戏着，其中一条海豚离开了海豚群，大声地打着响鼻，仿佛在回答召唤它的信号，迅速地游向悬崖，隐没在岩石背后。一会儿，采珠工人们突然看见海豚从悬崖后出现，一只怪物骑马似的跨在它的背上——这就是不久以前采珠人谈起的"海魔"。他有人的身体，脸上可以看到一双大眼睛，活像汽车的头灯。他的皮肤发出蓝幽幽的荧光。他的上肢像青蛙的前腿，长着深绿色的手指，长长的指间还有蹼。他膝盖以下的腿浸在水里，下面究竟是像人的脚还是尾巴呢？人们无从知道。他的手里拿着一个螺旋状的长海螺，他又吹了一下这个海螺，快活地发出像人一样的笑声，接着，他突然用纯正的西班牙语大声叫道："李定，快向前游！"

他用青蛙般的手轻轻地拍拍海豚闪着光泽的背脊，用腿夹了夹海豚的两侧。于是，海豚像一匹骏马，加快了前进的速度。采珠工人们情不自禁地尖叫起来。

这位不平凡的骑师扭过头来，毫无疑问，他也看见了那些采珠人。他壁虎般敏捷地从海豚身上滑下，躲在海豚身后，他又从海豚的脊背后露出一只绿手，拍打着海豚的脊背。

海豚加快了游泳的速度，他却又离开海豚，沉入了海洋。

这次与"海魔"异乎寻常的相见没超过一分钟，可是亲眼看见的人惊愕得好久不能恢复神志。

采珠手们叫嚷着，在甲板上狂乱地跑来跑去。几个印第安人一起跪下来，恳求海王饶恕他们犯下的错误；一个年轻的墨西哥人吓得爬到高高的桅杆上大叫大喊；黑人们则爬进船舱，躲在角落里瑟瑟发抖。

继续采珍珠是不可能了，佐利达和巴里达札尔费了很大劲儿才把秩序维持好，"水母号"起了锚，向北方驶去。

有感而发

　　"海魔"的模样令人称奇，他竟然还会讲纯正的西班牙语，更令人不可思议。宇宙是神秘的，很多未知之谜等待我们去发现和探索。

第 四 章

船主的阴谋

"海魔"的出现吓坏了那些采珠工人，他超乎寻常的能力却吸引着船主佐利达。佐利达异想天开，想出了一个阴谋……

海面又恢复了平静，行进中的"水母号"激起层层浪花。船主佐利达回到自己的舱房里，细细思索刚才发生的事。他一面缓缓地把一壶温水淋到头上，一面想，"海魔"居然讲纯正的西班牙语，这是怎么回事呢？是幻觉吗？还是自己精神错乱了？但是，不可能船上所有的人一下子全部精神错乱了呀。也就是说，不管怎样难以置信，他确实是存在的。佐利达又用水淋淋头，接下去想，无论如何，这个奇怪的生物有人类的理性，能做出理智的行动。他在水里和在水面上一样自如，他又会讲西班牙语——那就是说，可以跟他讲道理，可以和他交流沟通。假如……假如自己能捕获他，驯服他，叫他采珠珍该多好啊！他足以代替整队采珠工人了，还不需要付工钱。这样的话，很快自己就能赚到几十万、几百万了！

佐利达越想越兴奋，刚才的恐惧早已荡然无存，他决定马上开始行动。他走上甲板，集合了包括厨师在内的全体船员，板起脸向他们宣告："你们知道那些散播'海魔'谣言的人遭到了什么样的命运吗？警察把他们逮捕坐牢了！如果你们不想惹麻烦，就对谁也别谈'海魔'的事。"

"这一切太像神话了，就算你们说了，也不会有人相信。"

佐利达又说了很多软硬话，直到工人们都唯唯诺诺地答应了。他拉着巴里达札尔进了自己的舱房里，把自己"伟大"的计划单独告诉了他。

巴里达札尔留神听完主人的话，沉默了片刻之后，回答道："是的，这很好！'海魔'抵得上几百个采珠手。有'海魔'替您服务是再好不过的事。可是，怎样抓住他呢？"

"用网。"佐利达答道。

"他会割破网，像撕开鲨鱼肚子一样。"

"我们可以定做牢固的金属网。"

"可是谁去捕他呢？你只要对我们的采珠人说一声'海魔'，他们的腿就发软了。哪怕出一袋金子他们也不会同意。"

"那么你呢？巴里达札尔。"

这个老印第安人耸耸肩膀。

"我还从来没有捕过'海魔'，打他的埋伏大概不容易。只要他是用血肉做的，杀死他倒不难，可是你要活的'海魔'。"

"巴里达札尔，你不怕他吗？你对'海魔'的想法是怎样的呢？"

"我怎能想象得出在海面上空飞行的美洲豹，或者会爬树的鲨鱼呢？人所不了解的野兽是很可怕的。不过，我喜欢挑战，捕捉可怕的野兽是很好玩的事。"

"我一定会重重地酬谢你！"佐利达紧紧地握了握巴里达札尔的手。

佐利达和巴里达札尔很快就干起来。他们制造了一个像空底大桶似的袋形铁丝渔网，佐利达在这个渔网里面又做了麻绳网，

使"海魔"一旦被麻绳缠住,就像陷入了蜘蛛网里一样。

佐利达用他的伶牙俐齿说服"水母号"的船员暂时不回家,进行一场惊险的"狩猎"。他们决定在看见"海魔"的海湾里开始探寻他的踪迹。

为避免引起"海魔"怀疑,帆船在离这个小海湾好几公里的地方抛了锚。

佐利达和他的船员们不时捕捕鱼,好像这就是他们此次航行的目的。

两个星期过去了,可是丝毫不见"海魔"的踪影。

巴里达札尔急了,他在和滨海居民——印第安农民们天南地北地聊天的时候不知不觉就把话题转到"海魔"上来。从这些谈话中,巴里达札尔知道他们的狩猎地点选得对。许多住在海湾邻近的印第安人都听到过号角声,在沙滩上见到过脚印。他们很肯定地告诉巴里达札尔:"'海魔'的脚跟人的一样,不过脚趾特别长。"

"水母号"在海湾里停了两个星期,以"从事捕鱼"作为幌子,可是"海魔"一直没有出现。佐利达焦躁不安起来,宣布给

16

首先发现"海魔"的人奖赏，并且决定再等几天。

令他高兴的是，第三个星期刚开始，"海魔"终于出现了。

有感而发 •

佐利达是个唯利是图的人，他不惜一切手段要捉住"海魔"，他完全失去了善良这一美德。善良是心灵的灯盏，无论何时我们心中都要点亮这盏灯，固守内心的纯净。

第 五 章

"海魔" 逃离铁网

> 铃铛的声音响了起来，人们飞奔过去起网，网终于露出海面了，里面有一个半人半兽的身躯在苍白的月色下挣扎……

白天捕完鱼之后，巴里达札尔把装满鱼的划子留在岸边，他就到农场去拜访一位熟人了。等他回到岸边时，划子里空无一物。巴里达札尔立刻就断定这是"海魔"干的。

难道他吞得了这么多鱼吗？巴里达札尔纳闷。

就在当夜，一个值班的印第安人听到了海湾以南有号角声，又过了两天，终于发现了"海魔"的踪迹。他还是搭着海豚游来，不过这一次"海魔"不是骑着海豚，而是和它并排游着，用手抓住海豚脖子上的一个宽皮颈圈。在海湾里，"海魔"从海豚身上摘下颈圈，拍了拍它，随即隐没在笔直的悬崖脚下的海湾深处。海豚游上水面，接着也消失了。

佐利达说："今天白天'海魔'不会从他隐匿的地方游出来了。我们应当到海底去看一看。谁愿意做这件事？"

巴里达札尔挺身出来。

巴里达札尔用绳子绑住自己，一旦有危险，别人可以随时把他拉上来。他拿了刀，两腿夹紧了石块沉入海底。

巴里达札尔先是变成了一个小黑点，然后很快消失在人们的视线中。他们盯着巴里达札尔消失的海面，急不可耐地等待着他的归来，40秒过去了，50秒过去了，一分钟过去了，还是一点动静都没有。又过了一会儿，绳子终于被扯动了，大家手忙脚乱地往上拉。巴里达札尔被拉了上来，急促地喘了几口气才开始汇报海底的情况："有一条狭窄的走道通到一个地洞，那儿一片漆黑，就像在鲨鱼肚子里一样，洞的周围是平滑的墙壁。我想'海魔'一定是躲藏在这个洞里。"

"好极了！"佐利达大叫道，"再黑也没什么可怕的！我们张开网，鱼儿就会落网的。"

太阳落山不久，佐利达就派人把绑在结实的绳子上的铁丝网放下水去，堵在了地洞的入口处。

绳头固定在岸上，巴里达札尔把一些铃铛系在绳上，只要稍微触着网，铃铛就会响起来。

佐利达、巴里达札尔和5个采珠工人在岸边坐下，开始默默地等待。

夜色越来越浓，月亮升起来了，它的光辉映照在海面上，大家又恐惧又兴奋，也许他们马上会看到那个使渔民惊慌失措、使采珠手们闻风丧胆的"海魔"了。

人们焦急地等待着，时间一分一秒地过去，海底的绳子却没一点动静，有人禁不住打起盹来。

忽然，铃铛的声音响了起来。人们飞奔过去起网，网变得非常沉重，绳索在不停地抖动。网终于露出海面了，网里有一个半人半兽的身躯在苍白的月色下挣扎，一双巨大的眼睛和银色的鳞片在月光下闪亮。"海魔"使出令人难以置信的蛮劲，想把被网缠住的手挣脱出来。他终于挣脱了！他把挂在大脚旁边细皮带上的刀抽出，开始动手割网。

"别割了，你割不断的！"巴里达札尔轻轻地警告他，他依然沉浸在这场不同寻常的"狩猎"里。

使巴里达札尔大吃一惊的是，刀子竟制服了铁丝网，"海魔"用灵巧的动作在铁丝网上扎来扎去，水手们忙把网往岸上拉。

"使劲呀！"巴里达札尔喊叫起来。

可就在猎获物似乎已到手的刹那，"海魔"从割穿的窟窿里钻出，跃到水里，激起一大片闪烁发光的浪花，消失在海洋深处了。

几个人失望地放下了网。

"好刀！居然能割断铁丝！"巴里达札尔赞叹地说，"海底的铁匠比我们的还强。"

佐利达低头瞧着海水，那神情就像是他的全部家财都沉没在这儿似的。

接着他抬起头来，扯了扯毛茸茸的唇髭，跺了一下脚。

"这样不成！不成！"他高声叫嚷着，"宁愿让你死在你的水底洞里，我也不让步。我不怕花钱，我要招聘潜水员，我要在整个海湾布满铁丝网和捕兽器，那你就逃不出我的手掌了！"

原来"海魔"不是超自然的、万能的生物，他像巴里达札尔说的那样，也是有血有肉的。那么，"海魔"就可以被捉到，用链子拴住，为佐利达在海底捞取财富。哪怕海神尼普顿亲自拿起三叉戟出来保卫"海魔"，巴里达札尔也终会捉到他的。

有感而发

"海魔"不是万能的生物，他凭借力气和智慧逃离了铁丝网。无论处于怎样的困境，都要有一颗勇敢的心。小鸟的翅膀用于飞翔，勇敢的心用于对抗邪恶和困难。

第六章

新的谜团

佐利达布下了更多的铁网，却只能使那些鱼儿遭殃，于是，他决定亲自和巴里达札尔一起到海底看个究竟……

佐利达在海湾底架起了许多铁丝网，四面八方也悬挂了网，放了很多捕兽器。可是遭殃的只是些鱼儿，"海魔"似乎是从地下逃走了。那驯服的海豚每天在海湾里出现，打起响鼻，仿佛邀请自己那位不寻常的朋友漫游，然而，它的朋友没有露面，于是它们怒冲冲地打过最后一次响鼻，向大海深处游去。

狂风卷起乌云，天气变坏了，佐利达也变得焦躁不安。"不，既然铁网无论怎么都不管用，"佐利达说，"我得再想别的办法。"

于是，佐利达转身向正在制造一种复杂的新式捕兽器的巴里达札尔下了新的命令。

"你马上动身到布宜诺斯艾利斯去，从那儿买两套带氧气瓶的潜水服回来，还要记得带回手电筒，我们也许要做一次水底旅行。记住了，不要那种带着送空气用的橡皮管的潜水服，'海魔'会割断橡皮管。"

"您想到'海魔'那里做客吗?"巴里达札尔有点惊讶。

"是的,我还要和你一起去呢!老头儿。"

巴里达札尔点点头就动身出发了。他回来时不仅买了潜水服和手电筒,还带来了一对弯曲得很古怪的青铜长刀。

"现在已经不造这样的刀了,"他说,"这是古代的刀,锋利无比,我的曾祖辈曾经用它来剖开白人——您的曾祖辈的肚子呢!您对这些话不要见怪啊!"

佐利达当然不喜欢提这段历史,但是他很欣赏这两把刀。

"你真有远见,巴里达札尔。"

第二天黎明时,尽管波涛汹涌,佐利达和巴里达札尔依然穿上潜水服沉下海底。他们好不容易解开了水底洞口的铁网,钻入狭窄的通道。周围漆黑一团,两人拔出刀,亮起手电筒。被灯光吓慌的小鱼往旁边乱窜,像一群虫子在蓝幽幽的光线中窜来窜去。

这个洞相当大,高至少四米,宽有五六米,洞是空的,没人居住。佐利达和巴里达札尔小心翼翼地迈着步,向前走去,越走洞越窄。突然,佐利达惊愕地停下来,电筒光照着一排挡住去路的粗铁栅栏。

铁栅栏本是寻常的东西，可它竟然出现在海底的洞里，佐利达简直不相信自己的眼睛。他企图打开铁栅栏，可是栅栏一动不动。他用手电筒仔细照了照，发现它牢固地嵌入洞壁，而且还有铰链和内闩。这是个新的谜团。佐利达对"海魔"有了新的认识：他必定是个不仅聪明而且具有非凡技能的生物，他能驯服海豚，知道金属的加工法，他还会在海底建造坚固的铁栅栏护卫自己的住所。

自己会是"海魔"的对手吗？佐利达想到这里，太阳穴"突突"地跳动，仿佛氧气瓶里氧气不足。他给巴里达札尔打了个手势，于是，他们走出水底洞，升上水面。佐利达取下潜水服，歇过气来之后，问道："巴里达札尔，你说咱们有什么办法对付铁栅栏呢？"他有些无奈地把两手一摊。

"依我说，咱们在这儿老坐着等肯定不是办法。'海魔'恐怕是靠鱼生活的，海里的鱼足够他吃一辈子。咱们不能用断粮的方法逼他出洞，剩下的法子只有用炸药把栅栏炸毁了。"

"可是，巴里达札尔，你没有想到洞穴可能有两个出口：一个通海湾，另一个通地面吗？"

巴里达札尔确实没考虑到这一点。

"应该有这种可能。"佐利达说。

于是，他们开始在岸上考察，也许，能找到"海魔"地洞的另一个出口。

有感而发

佐利达为了满足自己的私欲，不达目的不罢休。私欲扰乱人心，要学会控制欲望，用正当的方法去拥有。

第七章

大墙后的"天神"

佐利达没有找到"海魔"地洞的另一个出口，却意外地发现一堵神秘的高墙，据说高墙后面住着"天神"……

佐利达在岸上转来转去，没有发现能通到海里的出口，却意外地发现了一堵白石头砌成的高墙，它围着的那一大片地至少有10公顷。佐利达绕墙走了一圈，墙太高了，什么也看不见。四面环绕的墙上只有一扇用厚铁板造成的大门，大门上有一扇小铁门，小铁门上装着一个从里面掩盖的回转式窥视器。

这简直是个神奇的城堡，佐利达心里想。他知道农民和渔民们都不会建造这样又高又厚的墙。

佐利达在这堵神秘的高墙周围徘徊了好几天，留心注视着大铁门。可是，大门没有打开过，既没人进去，也没人出来，墙里没有透出一点声息。眼看天又快黑了，佐利达沮丧地回到了"水母号"上。

佐利达心里还想着那堵高墙，依然百思不得其解，他只好把巴里达札尔叫来打听："你知道谁住在海湾上头的城堡里吗？"

"知道，那儿住的是萨里瓦托尔。"

"他是什么人？"

"是天神！"巴里达札尔回答。

许多印第安人管萨里瓦托尔叫"天神"，在他们心里他是万能的，能够创造许多奇迹。他能替瘸子做有血有肉的新腿，赐给瞎子像雄鹰般敏锐的眼睛，甚至还能起死回生。

"该死！"佐利达喃喃地说，一面用手指不停地来回拂着嘴唇上毛茸茸的胡须。"海湾里有'海魔'，海湾外有'天神'。巴里达札尔，你认为'海魔'与'天神'会不会互相帮忙呢？"

"我认为，咱们应当尽快离开这儿。"

"那么，萨里瓦托尔接见外人吗？"

"只接见印第安人。"

佐利达从巴里达札尔口中得到了很多关于"天神"的消息之后，他决定到布宜诺斯艾利斯去一趟，了解更多的情况，因为萨里瓦托尔就是来自那里。原来，萨里瓦托尔是个有才能的甚至可以说是天才的外科医生，他享有"奇迹创造者"声誉。在美洲，他以大胆的外科手术著称，帝国主义战争期间，他在法国前线差不多专门做头盖骨手术，挽救了千百人的性命。后来，行医和土地投机使萨里瓦托尔成为巨富，但他也是个性格和行为怪诞的人，他离开了布宜诺斯艾利斯，买了一大片地，用高大的墙把它围住，在那里定居，不再从事医务工作，他只在自己的实验室里从事科学研究。现在，他只治疗和接见印第安人，印第安人都管他叫下凡的"天神"。

佐利达知道了这一切，心里就想出了一个主意：既然是个医生，他就没有权利拒绝接见病人。为什么我不能生病呢？

佐利达走到保护萨里瓦托尔领地的大铁门前，敲起门来，没有人应答，他就不停地用力敲，过了很久，狗在墙后很远的地方叫起来，终于，门上的回转式窥视器稍微开了一些。

"我是病人，快些开门吧！"佐利达说。

"病人不是这样敲门的。"那个嗓音平和地反驳道，同时窥视器里露出一只眼睛，"医生不见客。"

窥视器关上了，脚步声远了，只有狗还在拼命地吠叫。

佐利达气得大骂起来，他把所有骂人的话都骂完了才回到他的船上。佐利达气得直哆嗦，他是个不达目的不罢休的人，一定又开始考虑以后该采取什么办法。然而，出乎意料的是他竟然走上甲板，命令拔锚起航。于是，"水母号"向布宜诺斯艾利斯驶去。

"好，"巴里达札尔说，"多少时间都白白浪费了。让'海魔'见鬼去吧！我们也和'天神'道别吧！"

有感而发

萨里瓦托尔是个出色的外科医生，他在自己的实验室里从事科学研究。成功源于用心与执着，在科学研究中，也只有用心、执着、锲而不舍，才能取得成功。

第八章

"报恩" 的印第安人

> 　　一个穷苦的印第安人抱着重病的孩子走进了萨里瓦托尔的城堡。孩子得救了，这个印第安人决定用他的方式报答医生……

　　毒辣辣的太阳下，一个憔悴不堪的老印第安人正顺着尘土飞扬的大路往前走，他衣衫褴褛，抱着一个奄奄一息的小女孩。孩子的眼睛紧闭着，脖子上有一个大肿瘤。老头抱着她，很小心地走着，偶尔失足踩到石头，便禁不住抱紧了孩子。可能小女孩被弄疼了，发出痛苦的呻吟声，她微微睁开了眼睛。老头赶忙停下来，关怀备至地对着孩子的脸轻轻吹气，好像这样能减轻一点她的痛苦。

　　老印第安人的目的地是萨里瓦托尔的城堡。终于到了大铁门前，他用左手抱着孩子，用右手在铁门上轻轻敲了4下。小铁门上的窥视器稍微开了一些，一只眼睛在小孔里闪了闪，门闩"咯吱咯吱"响了几声，门开了。

　　印第安人怯生生地跨过门槛，迎接他的是一个身穿白色罩袍

的黑人。他身材高
大，头戴一顶白
帽子。

"我找医生，
孩子病了。"印第
安人说。

黑人点点头，
用手势招呼印第安
人跟着他走。

印第安人向四周打量了一下：他走进了一个用石板铺砌地面
的院落里，院子里没有种植花草树木，没有一点生气，简直像个
监狱庭院。黑人带他走到院子一角，在第二堵墙附近有一座窗户
宽大的白房子。不少印第安男女坐在房子旁边的地上休息，许多
人还带着孩子，几乎所有的小孩看上去都很健康。

老印第安人恭顺地挨着那些印第安男女坐下，怀里的小女孩似
乎已经昏睡过去。穿白罩袍的黑人看了看这个孩子，指指房门。印第
安人走进一个用石块做地板的大房间。房间中央摆着一张狭长的台
子，台面盖着白床单。这时，一扇嵌着毛玻璃的门打开了，萨里瓦托
尔医生走了进来。他身穿白罩袍，个头高大，肩膀宽阔，一头银发。
他那抿得紧紧的嘴唇使他的面部表情有些令人害怕，他那棕色的眼睛
也闪着冷冷的光，被他打量的人会觉得浑身不自在。

印第安人深深地一鞠躬，把孩子抱过去，萨里瓦托尔以迅速
又小心谨慎的动作从印第安人手里接过生病的女孩，拆开裹着孩
子的烂布，把它们扔到角落去。他把女孩搁在台子上，俯下身子
仔细观察。他侧面对着印第安人，印第安人突然觉得他好像一只
兀鹰俯在小鸟身上。

"很好，好极了。"萨里瓦托尔一面说，一面仿佛在欣赏肿瘤
似的，用手轻轻抚摸它。

检查完毕后，萨里瓦托尔转脸向印第安人说："现在是新月
出现的时候，过一个月，在下次新月出现的时候来吧，你就可以

领回你健康的女孩了。"

他把小女孩抱出玻璃门外，那边有浴室、手术室和病房。

印第安人鞠了一躬就离开了。当第二十八天来临时，他如约而至，他在玻璃门前看到一个穿着崭新的连衫裙、身体健康、脸色红润的小姑娘。她脖子上的肿瘤已经不留痕迹，只有一块隐约可见的微红的小伤疤才让人想起她曾动过手术。

"领回你的小姑娘吧。幸亏你及时把她送来，再迟几个小时，就连我也无法挽回她的性命了。"这时，医生走了进来。

老印第安人的脸上堆满了皱纹，嘴唇抽搐起来，眼睛淌出泪水，他跪在医生的面前。

"您救了我外孙女的性命。我这个贫苦的印第安人，除了自己的性命之外还能用什么报答您呢?"

"你的性命对我有什么用?"萨里瓦托尔觉得奇怪。

"我虽然老，可是还有力气，"印第安人继续说，"我要把我全部余生献给您，用我的生命为您效劳，请您别拒绝我。"他抬头望着医生，跪在地上，似乎不答应就不站起来。

萨里瓦托尔雇用仆人时很谨慎，他非常不乐意雇用新仆人，但是这个老印第安人的诚意感动了他，他考虑了一下说："好! 照你的意思办吧。"

"7 天之后我会到这里来的。"印第安人一面说，一面吻着萨里瓦托尔罩袍的边缘，"我的名字叫克里斯多……"

有感而发

克里斯多来到了神秘的城堡接回孩子，并声称给医生当仆人，但他并不是个真正报恩的人。诚实是一种美德，诚实的人从不为自己的诚实感到后悔；而别有用心的人迟早会为自己的伪善付出代价。

第九章

神秘的花园

克里斯多又来到了城堡，萨里瓦托尔答应留下他当仆人。在一个神秘的花园里，他见到了很多奇异的花草和飞禽走兽……

克里斯多处理完一些事情，一星期后又来到了城堡。萨里瓦托尔医生聚精会神地盯着他的眼睛说："留心听着，克里斯多，我任用你，你会有现成的饭菜吃，拿到优厚的工资……"

"我什么也不需要，我愿意无偿地伺候您！"

"别说话，认真听我说，"萨里瓦托尔继续说，"你将会有一切东西。不过，你必须不对任何人谈起在这里看见的一切事物。"

"好的！我宁愿把舌头割下来扔给狗吃，也不说一个字。"

"那就好！你一定要记住这里的规矩，免得发生不幸的事情。"萨里瓦托尔又一次警告说。接着，他把穿白罩袍的黑人叫来，吩咐道："领他到花园里去，交给吉姆管。"

黑人默默地鞠了一躬，把克里斯多带出白房子，领他走过院落，在第二堵墙的小铁门上敲了一下。墙背后传来了狗吠声，小门"吱呀"一响，黑人把克里斯多从小门推入花园，对另一个站在门后的黑人低声说了些什么，便走了。克里斯多惊慌失措地紧挨着墙。只见一些颜色黄中带红，身上还带着黑色斑点的不知名的野兽狂啸怒吼着向他扑来，这些野兽的叫声像狗。克里斯多向邻近的一棵树奔去，出人意料地、敏捷地爬上了树。黑人对野兽发出"唑唑"的声音，这声音马上使野兽安静下来。黑人又发出"唑唑"的声音，这一次，是对趴在树上的克里斯多发出的，他是在招呼克里斯多下来。

大概他是哑巴。克里斯多心里猜想，又记起了萨里瓦托尔的警告，心里有点恐惧。难道萨里瓦托尔会把泄漏秘密的仆人的舌头割掉吗？

"你是吉姆吗？"惊魂未定的克里斯多问。

黑人点点头。

他又紧拉着黑人的手提高了声音问："你是哑巴吗？"

黑人不回答。

吉姆领着克里斯多走进了一个花园。

花园往东延伸，朝着海岸的方向逐渐低下去，撒满淡红色碎贝壳的小路通往四面八方。

小路两旁种满了奇花异草，有稀奇古怪的仙人掌，绿得发蓝、汁液丰富的龙舌兰，以及开着很多绿里带黄的花朵的长齿

草。一丛丛桃树和橄榄树的阴影遮掩着茂密的草，那些青草里面盛开着五彩缤纷的花朵。

花园里奇异的花草让克里斯多大开眼界，这里还能听到鸟类各种腔调的叫声、歌唱声，以及走兽的怒吼声、哀鸣声和尖叫声。等他见到了那些奇怪的鸟兽，心里既兴奋又恐惧。

瞧，闪着铜绿色磷光的六脚蜥蜴"沙沙"地爬过了大路；树上一条两头蛇挂了下来，那两张血红的嘴冲着克里斯多发出"咝咝"的声响；铁丝网后一只乳猪在"哼哼唧唧"地叫着，它的前额中央长了一只大眼睛；两只连体的孪生老鼠自相搏斗起来，右边的老鼠往右拉，左边的老鼠往左拉，两只老鼠都发怒似的"吱吱"叫着。还有一只小怪兽更令克里斯多感到惊奇：这是一只全身秃毛的粉红色大狗，但在它背脊上可以看见一只小猴子，小猴子的胸脯、手和头都仿佛是从狗身里爬出来的似的。那狗走到克里斯多跟前摇摇尾巴，小猴子扭过头来，扬扬手，用手掌拍拍和它生成一体的狗的背脊，望着克里斯多怪叫着。草丛里、灌木林里和枝头上都有稀罕的爬虫、野兽和飞禽瞅着克里斯多，有猫头狗、鸡头鹅、长角的野猪、鹰嘴鸵鸟、长着美洲狮身的绵羊……水池里还有长着鱼头鱼鳃的水蛇，长着青蛙脚掌的鱼，身躯很长的大蛤蟆……

这是哪里啊？哪里来的这么多奇怪的动物？克里斯多以为自己神志昏迷，产生了幻觉，他的心里充满恐惧，想马上逃离这里。

这时候，终于走到了花园的尽头，吉姆把克里斯多带到一个铺满黄沙的广场上，广场中央耸立着一座用洁白的大理石建成的摩尔式别墅，别墅四周生长着棕榈树。海豚形状的铜喷水器把一道道小瀑布似的水喷落在清澈的水池内，池里有金鱼在游动。正门前最大的喷水器是一个骑着海豚的青年雕像，模样酷似神话中的人鱼神，嘴边还叼着螺旋状的号角。别墅背后有几所住宅和附属房屋，再远些是密密麻麻的多刺的仙人掌丛，这些仙人掌一直长到一堵白墙边。

又是墙！克里斯多心里想。

吉姆把他带到一间凉爽的小屋子，用手势告诉克里斯多这间屋子归他使用。然后，吉姆离开了。

有感而发 ·

萨里瓦托尔医生的城堡里有一座非常神奇的花园，体现了作者丰富的想象力。想象力可以使我们享受快乐，享受惊奇，体验现实生活中少有的感受。

第·十·章

墙外墙的秘密

> 克里斯多成了一名仆人，他渐渐习惯了在神秘的花园中工作。萨里瓦托尔又让他到了下边另一个花园，花园外也是一堵高墙……

克里斯多和那些黑人一起料理花园和野兽，他渐渐习惯了周围的一切。这里一共有 12 个黑人，他们都跟吉姆一样沉默寡言，或者说，都跟吉姆一样是哑巴。吉姆似乎是这里的管理人，他监督着黑人，分派职责给他们。克里斯多感到意外和惊喜的是，他被派做吉姆的助手。

在这里，克里斯多也熟悉了萨里瓦托尔医生的生活。他的生活很有规律：早晨 6 点到 9 点接诊印第安病人，上午 9 点到 11 点给病人做手术，随后回到自己的别墅，在实验室埋头研究。他经常给动物做手术，然后仔细观察它们，等到研究完毕，萨里瓦托尔就把这些动物放到花园里。有时，克里斯多趁着收拾屋子的时候偷偷地潜进实验室。实验室里，各种各样的器官放在盛满某种溶液的玻璃罐内，它们在不停地跳动；有个箱子里放满了切下来

的手脚，有的长着肿瘤，有的残缺不全，但它们仍然是活的，等萨里瓦托尔医治好了再安到病人身上……这一切吓得克里斯多心惊胆战。

角落的笼子里有一只胡子很长的小白鼠，发出"吱吱"的怪叫。

花园里还有一堵非常高大的墙，这是克里斯多看到的第三堵墙，墙后一定有更神秘的东西，但他没有胆量擅自闯入。有一天中午，别人都在休息的时候，克里斯多跑近高大的墙边。他听见墙后有孩子们说话的声音，他隐约辨别得出他们说的是印第安语，中间还有种更尖声尖气的声音，仿佛有人在和孩子们争吵，说的是某种听不懂的方言。

有一天，萨里瓦托尔在花园里碰见克里斯多，他走到克里斯多面前，盯着他的眼睛说："克里斯多，你已经在我这儿工作了一个月，我对你很满意。下边花园里我的一个仆人生病了，你代替他一下。在那里，你会看到许多新奇的事物。可是你必须要记住我们的约定——如果你不想失掉舌头，就要守口如瓶。"

"医生，在您的哑巴仆人中间，我已经差不多忘记怎样讲话了。"

"好极了！过几天我要到安达斯山脉去打猎，捕捉些新的飞禽走兽充实我的动物园，你跟着我去吧！现在，先让吉姆带你到下边花园去工作。"

克里斯多一直想知道第三堵墙后有什么，现在吉姆终于把他带去了，这就是医生说的下边的花园。在这里看到的，更是完全出乎克里斯多意料。

阳光照耀的大草坪上，许多猴子和赤身裸体的小孩在嬉戏。这些小孩都是印第安人，小的有三四岁，最大的也不会超过 10 岁，他们都是萨里瓦托尔的病人，很多都是生命垂危才送来的，多亏萨里瓦托尔挽救了他们的性命。做过手术初愈的孩子们在花园里生活一段时间，等到他们身体完全恢复，父母就来带他们回家。

最奇怪的是，这里所有的猴子都会说话，有的说得好些，有的说得坏些。它们尖声尖气地怪叫，也跟孩子争吵，当然小孩子之间也会争吵。有时候，克里斯多分不清在争吵叫骂的到底是猴子还是孩子。

克里斯多很快就熟悉了这个花园，他发觉这个花园比上边的花园小些，地势向海湾倾斜下去，尽头是一块像墙一般笔直的崖石。把这块崖石仔细察看了几天之后，克里斯多确信它是人工造成的，也就是说这又是一堵墙，是克里斯多看到的第四堵墙。克里斯多侧耳倾听，墙后传来惊涛拍岸的澎湃声，也许外面就是大海吧？在密密麻麻的紫藤丛里，克里斯多还发现了一扇灰色的铁门，这扇窄窄的门会通向哪里呢？

克里斯多正思考着，突然传来了孩子们激动的叫嚷声。原来有一个红色小气球慢慢飘过花园上空，风把气球吹向海那边。对于克里斯多来说，气球当然不是什么稀奇东西，但这个小气球令克里斯多十分激动，他变得焦躁不安起来。等到那个病愈的仆人一回来，克里斯多马上到萨里瓦托尔那里去，请求说："医生，咱们很快就要到安达斯山脉去打猎了，也许要去很久。请允许我跟女儿和外孙女见一面吧。"

萨里瓦托尔不喜欢他的仆人离开院子，但也想不出拒绝的理由，他冷冷地看了一眼克里斯多，提醒他："记住我们的约定，当心舌头！你去吧，三天之内一定回来。对了，你先等一等！"

萨里瓦托尔走进另一个房间，从那里拿出一个鹿皮小袋，袋子里满是金比索。

"这些是你不乱说话的报酬，也当作给你外孙女的礼物吧！"

有感而发

克里斯多知道了很多城堡里的秘密，他的沉默换来了萨里瓦托尔的信任。信任是开启心扉的钥匙，诚挚是架起心与心沟通的桥梁。对于别人的信任不能辜负，更不能利用。

第十一章
别有用心的诡计

> 萨里瓦托尔要外出打猎了，他放弃了骑马，换成了更安全迅速的汽车。汽车坏了，一群匪徒冲过来……

"要是他今天还不来，巴里达札尔，我就不用你帮忙了，我会另请更机灵、更可靠的人。""水母号"船主佐利达恼怒地喊叫着。

巴里达札尔穿着白短衫、蓝条纹长裤，他坐在路边，一声不响，局促不安地咬着一根被太阳晒焦了的草。他开始后悔，不该打发他哥哥克里斯多到萨里瓦托尔那里去做奸细。

克里斯多比巴里达札尔大 10 岁，虽然年龄不小了，可他还是个身强力壮、行动矫捷的人。他也是一个不可信赖的人，像大草原上的野猫一样诡计多端，作为弟弟的巴里达札尔很清楚这一点。

"你相信克里斯多看见你放出的气球了吗？"

巴里达札尔也没有多少把握，他没有回答，只是无奈地耸耸肩膀。

已是傍晚时分，夕阳的余晖笼罩着大大小小的山冈，远处的大路上腾起一股灰尘。这时，传来了一阵悠长刺耳的口哨声。巴里达札尔两眼放光，精神一振。他看见克里斯多精神抖擞地走过来，和以前那个抱着生病女孩的疲惫不堪的老印第安人简直判若两人。

"喂，怎么样，你跟'海魔'结识了没有啊？"佐利达问他。

"还没有，不过他在那儿。萨里瓦托尔把'海魔'藏在第四堵墙后面。我已经取得了初步的胜利：我在萨里瓦托尔那儿服务，他非常相信我。"

"你从哪里找来那么个外孙女呀？"佐利达问。

"金钱难赚，什么样的小姑娘都容易找。"克里斯多答道。

"萨里瓦托尔那儿稀奇的事很多，那个动物园里有各种稀奇古怪的动物……"接着，克里斯多开始叙述他看到的一切。

"这一切都很有趣，"佐利达一面说，一面抽起雪茄来，"可是你没有看到最主要的东西——'海魔'。克里斯多，你以后想怎么办呢？"

"以后？先到安达斯山脉做一趟短期旅行再说。"于是，克里斯多叙述了萨里瓦托尔要去打猎的计划。

"好极了！"佐利达叫道，"萨里瓦托尔那儿离别的村落很远。我们趁他不在的时候，袭击一下他的领地，把'海魔'绑走就行了。"

克里斯多坚决地摇摇头。

"美洲豹会撕掉您的头，您不可能找到'海魔'。这么多天我都没找到，即使有您也找不着。"

"那么这样吧，"佐利达想了想说，"萨里瓦托尔动身去打猎的时候，我们设下埋伏，把他捉住，要他拿'海魔'来赎身。"

克里斯多以灵巧的动作从佐利达衣袋里掏出一支雪茄点上，狡黠地眨眨眼说："打埋伏是比较好些，可要是萨里瓦托尔表面上答应，事后又不交出'海魔'怎么办？"克里斯多说着，猛烈地咳嗽起来。

"那你有什么主意呢?"佐利达反问,显然他已经动气了。

"忍耐,佐利达。萨里瓦托尔相信我,可还不足以让我看到第四堵墙后的情景。得让医生信任我像信任自己一样,那时他就会让我看到'海魔'了。"

"那你要怎么做呢?"

"这样吧,土匪袭击萨里瓦托尔,"克里斯多用手指着佐利达的胸膛说,"而我,"他拍拍自己的胸口,"忠诚的阿拉乌康人去搭救他的性命。那么,我就是萨里瓦托尔的救命恩人了,他家里的一切对我就没有什么秘密了。"他自言自语道,"同时,我的钱包也会装满金比索。"

"这个主意不错。"得到了佐利达的肯定,他们就开始商量计划的细节。准备在萨里瓦托尔外出打猎的前一天,克里斯多把一块红石头扔出围墙外,他们就开始行动。

第二天,佐利达、巴里达札尔和 10 个在港口招募的亡命之徒携带着精良武器,骑着马在远离人烟的大草原上等待着迟迟未出现的"猎物"。

天黑下来,他们依然在等待,也许下一刻就会传来马蹄声。

令克里斯多意外的是，这次萨里瓦托尔没有选择骑马打猎，而是驾驶着汽车，出发的时间也临时改成了傍晚。

土匪们突然听见一阵迅速接近的引擎响声，车头的灯光从小山冈那边炫目地闪耀了一下，他们还没有来得及弄清楚出了什么事情，一辆黑色的大汽车已经擦着他们飞驰而去。

佐利达失望地咒骂着，他气急败坏的样子惹得巴里达札尔笑起来。

"别失望，佐利达，"他说，"白天天热，他们夜里走路。"

巴里达札尔用马刺把马一夹，纵马追赶那辆汽车，其余的人也打马跟着他而去。

走了大约两个小时，巴里达札尔突然停住了，他发现远处有火堆。

"他们一定是出了什么事。你们在这里等着，我去侦察一下。"

于是，巴里达札尔跳下马背，像蛇一样匍匐着爬去。

过了一个小时，他终于回来了。

"汽车坏了，他们在修理汽车呢！"

听到这个消息，土匪们立刻实施袭击，萨里瓦托尔还没有来得及搞清是怎么回事，土匪们已经把他、克里斯多和三个黑人都捆住了。

一个雇用的匪帮头子（佐利达不愿亲自出面）向萨里瓦托尔要求出一笔相当大的赎金。

"我付给你们，放了我吧。"萨里瓦托尔答道。

"这个数目是你的赎金。可是你得付同样多的钱赎你的旅伴！"那匪徒马上改口。

"我一时无法支付这样大的一笔钱。"萨里瓦托尔想了想答道。

"那么干掉他！"匪徒们叫嚣起来。

"如果你交不出钱，天亮的时候我们就杀死你。"一个土匪说。

萨里瓦托尔耸耸肩膀答道："我手头真的没有这么一大笔钱。"

土匪们把萨里瓦托尔等人绑好了扔到一边，开始洗劫车里的东西，他们吃了很多好吃的，还喝了车里的烈酒，一个个喝得醉醺醺的。

天快亮了，有人小心翼翼地爬到了萨里瓦托尔身边。

"是我，"克里斯多轻轻地说，"我把身上的绳子解开了，然后悄悄走近一个拿枪的匪徒，把他杀了。其余的都醉了，司机已经修好汽车了，我们赶快走吧！"

大家立刻上了汽车，黑人司机发动引擎，汽车猛冲一下，便沿着大路疾驰而去。背后传来了叫嚷声和零乱的枪声。

萨里瓦托尔紧紧地握住克里斯多的手，对他非常感激。

有感而发

通过阴谋诡计，克里斯多成为了萨里瓦托尔的"救命恩人"。得到了信任，他就会进一步帮助佐利达实施他的阴险计划。

第十二章

两入大墙后

克里斯多费尽心机，偷偷到了第四堵墙后，没想到，他刚回来，萨里瓦托尔竟然真的要带他去看……

　　克里斯多如愿成为萨里瓦托尔的"救命恩人"。他以为从此这个城堡里对他没什么秘密可言了，甚至萨里瓦托尔会对他说："你想知道'海魔'的秘密吗？我马上就带你去看！"可是，萨里瓦托尔并没有这么做，他给了克里斯多很多金比索，然后就继续在自己的实验室里埋头进行科学研究了。

　　克里斯多别无选择，只能继续自己寻找"海魔"。他坚信，"海魔"一定藏在第四堵墙后面，他一定要想办法打开上面的那扇门。过了很久，也没见那扇门打开过，当然也没人出入，克里斯多寻找一切机会走近这扇门，细细地抚摸它，希望能找到打开它的机关。有一次，他摸索这扇门的时候，无意中按着了一个凸起的地方。门忽然一动，打开了。克里斯多来不及多想，连忙溜进门内，门立即在他身后"砰"的一声关上了。

　　可是怎么出去呢？克里斯多有些恐惧，他把门细细察看了一遍，不停地按上面所有突出的地方，可是门还是纹丝不动。

坏了，把自己锁在里面了。克里斯多有些后悔地想。但紧接着兴奋战胜了恐惧，毕竟马上就要大功告成，要见到"海魔"了。

克里斯多发现眼前又是一个草木丛生的花园，整个花园是个小盆地，四周围着由人造岩石组成的高大墙壁，墙壁后清晰地传来大海的声音，不仅可以听见万马奔腾似的惊涛拍岸声，还可以听见圆石子在浅沙滩上滚动的"沙沙"声。

克里斯多走到花园尽头，只见在高大的墙边有一个正方形的大蓄水池，水池的面积至少有 500 平方米，水深至少 5 米，周围密密麻麻种满了叫不出名字的树木。

克里斯多走近水池的时候，一只生物突然从矮树丛奔出来，跳入水池中，溅起一片水花。克里斯多兴奋地停住脚步，他想，一定是"海魔"！我克里斯多终于看见了"他"。

克里斯多走到水池旁，池水很清澈，他很清楚地看到一只大猿坐在池底的白石板上，它从水底下惊奇地望着克里斯多。克里斯多惊愕得目不转睛地盯着它，只见猿的胸部忽起忽落，原来它在水里呼吸呢！

从惊愕中恢复常态后，克里斯多情不自禁地放声大笑：原来，使渔民闻风丧胆的"海魔"是只两栖猿。

克里斯多心满意足，他认为把一切都探听出来了。可是，他又有点怀疑：这只猿的样子一点都不像目击者所叙述的那个"海魔"啊！也许是那些人太胆小，吓得眼睛都花了吧！不管怎么说，必须得回去了。

克里斯多回到了门那里，乱按一通，门还是纹丝不动。他只好爬上围墙旁边一株高大的树，冒着跌断腿的危险，从高墙上跳下来。

他刚刚站起身，就听见了萨里瓦托尔的声音："克里斯多，你在哪儿呀？"

克里斯多赶紧抓起小路上的草耙，装作在扫枯叶。

"我在这儿呢!"

"你跟我来吧!克里斯多。"萨里瓦托尔一面说着,一面朝克里斯多费尽心机打开的那扇门走去。

"瞧,这扇门是这样开的。"萨里瓦托尔在粗糙的门面上朝那个突出的地方按了一下。

自己已经看见过"海魔"了,这里对自己已经没有什么秘密了。克里斯多想。

萨里瓦托尔和克里斯多走进花园,经过一座攀满常春藤的小屋子旁边,向蓄水池走去。猿依旧坐在水底,吐着气泡。

克里斯多故作惊讶地叫了一声,仿佛是第一次看见它似的,免得被萨里瓦托尔怀疑。

也许,这个猿看似平常,说不定接着医生就要揭开它的特异功能了,克里斯多等待着。然而,萨里瓦托尔没有丝毫理会这只猿的意思,只不过对它摆摆手。

那只猿立刻游上来,爬出水池,抖掉身上的水珠,在草坪上看了他们几眼,然后爬到树上独自玩耍去了。

有感而发

克里斯多完全取得了萨里瓦托尔医生的信任,被分派了特别的任务。信任是保持友情的重要因素,这种因素减少多少,友情也会相应消失多少。朋友间不能利用别人的信任谋取私利。

第 十 三 章

水底洞府

那个水池的底下竟然别有洞天,在这里,克里斯多见到了真正的"海魔"……

萨里瓦托尔弯下腰,在草丛中摸索到一块小石板,使劲地按了按。只听见一阵"吱呀"的响声,池底四边打开了几个地道口,水"哗哗"地流进去。过了几分钟,水池干了,地道口的门"砰"的一声关上,一条通往池底的小铁梯从旁边伸了出来。

"我们走吧,克里斯多。"

惊讶得目瞪口呆的克里斯多跟随着走下水池。萨里瓦托尔踩了踩池底的一块石板,马上又有一扇新的地道口的门打开了,这扇门在池子中央,宽度有一平方米,通往地下不知什么地方。

克里斯多跟着萨里瓦托尔跨进这个地洞,他们走了相当长时间。脚步声在这条昏暗的地下走廊里回响着。

萨里瓦托尔终于停了下来,用手在墙上摸索着,电灯开关"咔嗒"一响,明晃晃的光照亮了四周。克里斯多发现他们站在一个钟乳石洞里,面前是一扇雕刻着狮头的青铜门,每个狮头的嘴里都衔着铜环。

萨里瓦托尔把一个铜环拉了一下，这扇笨重的门平稳地开了，两人走进一个黑暗的大厅。萨里瓦托尔又拉了一个开关，一盏毛玻璃的球形灯照亮了这个地洞，地洞的一面墙是玻璃的。萨里瓦托尔转换了灯光，地洞陷入幽暗中，几支强烈的探照灯照亮了玻璃墙背后的空间。这是海底下的一所玻璃房子，非常巨大，周围长着海藻和珊瑚丛，鱼儿在它们中间遨游。突然克里斯多看见一个像人一样的生物由藻丛后面走出来，他有一双凸起的大眼睛和青蛙脚掌。

这个陌生的生物身上闪耀着蓝幽幽的银鳞，他以迅速灵巧的动作游近玻璃墙，向萨里瓦托尔点点头，走进玻璃小室，随手"砰"的一声带上门。小室里的水很快流干了，陌生的生物打开第二扇门，跨进地洞。

"脱下眼镜和手套。"萨里瓦托尔说。

陌生的生物听话地脱下眼镜和手套。于是，克里斯多看见自己面前站着一个身材匀称的英俊青年。

"你们认识一下吧，这位是伊赫利安德尔——水陆两栖人，他就是'海魔'。"萨里瓦托尔介绍这位青年说。

那青年亲切地笑着向克里斯多伸出手来，操着西班牙语说："您好！"

克里斯多默默地握了握伸过来的手，他惊讶得一句话也说不出来。更让他不可思议的是，那个水陆两栖人竟然称呼萨里瓦托尔"爸爸"。

"伺候伊赫利安德尔的那个黑人病了，"萨里瓦托尔告诉克里斯多，"我想让你伺候他几天。如果你能胜任这个差事，我就让你做伊赫利安德尔永久的仆人。这可是我这里薪水最高的职位。"

萨里瓦托尔简单吩咐一下就离开了，克里斯多开始了新的工作。

有感而发

　　克里斯多成为了"海魔"的贴身仆人，为他实施捉住"海魔"的计划提供了便利。朋友多了路好走，但并不是所有的人都适合做朋友，有一些人，还是与他保持距离为好。

第 十 四 章
水陆两栖人的生活

水陆两栖人伊赫利安德尔有着独特的爱好和习惯，过着与人类不同的生活，他似乎是更优秀的人类……

黎明前，空气又温暖又湿润。伊赫利安德尔向花园的小路走去。小路向右急转，然后下坡，通向水池。走到水池边，他停下来，不慌不忙地戴上厚玻璃的大眼镜、手套和脚套，吐出肺中的空气，跳入水池。水使他全身有清凉愉快的感觉，使寒气侵入鳃部，鳃有节奏地动起来，他似乎变成了一条大鱼。

伊赫利安德尔两手使劲拨几下，便到了池底，在漆黑中，他一伸手，便找到了嵌在石墙里的一个铁把手，打开铁把手，他进入了一条满是水的隧道，顺着迎面而来的寒流游去。隧道的尽头到了，依然是黑黝黝的。他把手伸到前面去，手掌触着铁栅栏，抓住栅栏，拉开了机关复杂的闩，把它打开。栅栏门慢慢开了，伊赫利安德尔就从门缝游出，门在身后"砰"的一声关上了。他用手脚划着水，向大海游去。水里依然黑黝黝的，只是漆黑的深处，夜光虫闪着蓝色的光亮，暗红色水母也在闪光。

天还没亮，海中的凶猛大鱼还在睡觉。伊赫利安德尔略微上浮，向左转了个急弯，然后沉到深处，闭上眼睛，任由潜流摆布，它会把他带到汪洋大海去。

这时，他的耳朵听见一声雷鸣似的响声，接着是第二、第三声，这是海湾里渔船在起锚。快黎明了，四面八方响起了一阵阵急促的船舶引擎声，港口和海湾都睡醒了。伊赫利安德尔睁开眼睛，小心地从水中探出头来，向四面张望。

水面上，燕鸥和海鸥低低地飞翔，黑夜退到遥远的群山背后，东方已经现出红色。初升的太阳照着平静的海面，一片夺目的金光。白色的海鸥飞得高一些，变成了粉红色。

一队渔船驶过来，父亲吩咐过不要让人看见。伊赫利安德尔深深地潜入水中，一直潜到寒冷的深处。他不时仰卧着，借着海里那昏暗的微光来调节自己的游泳方向。右边和左边隐隐出现了暗礁的轮廓，它们中间是一块不大的台地，这个地方他经常来，他还给这块小地方起了个名字叫水底港口。

聚集在平静的水底港口里的鱼真多呀！万头攒动。伊赫利安德尔的到来似乎惊吓了它们，它们就像被放进了沸腾的锅里，毫无方向地慌乱地游起来。

水底港口是伊赫利安德尔很喜欢的地方，因为旁边陡直的礁石附近有许多蚝，这就是早餐。伊赫利安德尔游过去，在蚝堆旁边躺下，就吃起来。他从壳里挖出蚝肉，放进嘴巴，他惯于在水底吃东西。一块蚝肉放进嘴里，巧妙地把水从口腔经过半闭的嘴唇吐出来，虽然这样，他还是连食物一起吞下了一些水，不过他已经喝惯了海水。

伊赫利安德尔正津津有味地吃着早餐，突然头顶上出现了一个黑色的阴影，这会是什么呢？他小心翼翼地向头顶上的黑影浮去。原来是一只大信天翁停在水上。他往上一伸手，一把抓住了信天翁的脚。那受惊的鸟展开它强有力的翅膀飞起来，把伊赫利安德尔拖出了水面。在空中，伊赫利安德尔的身体顿时沉重，信天翁带不动他了，他们一起笨重地落在水里。伊赫利安德尔不等信天翁用红色的利嘴啄他的脑袋，便潜下水去。

过了一会儿，伊赫利安德尔又浮出水面，那只信天翁早已不见了踪影。这时，从港口传来了低沉悠长的汽笛声，这是巨轮"荷乐克斯号"准备回航。伊赫利安德尔意识到自己离开家很久了，天也快亮了，他想起了父亲平时的教导，再不回去父亲也许会责骂他。于是，伊赫利安德尔转身向回游去，游进隧道后，把手伸入铁条中间，打开了铁栅栏，从漆黑的隧道里游向花园的蓄水池。

在蓄水池里，他迅速升上去。到达水面后，开始用肺呼吸，呼吸着充满了熟悉的花草芳香的空气。过了几分钟，他已经像父亲吩咐的那样，在床上睡熟了。

有感而发 ·

　　"海魔"是个水陆两栖人，他在陆地上能用肺呼吸，在大海里能像鱼一样用鳃呼吸。世界很奇妙，生活在世界上的生物，生活方式千差万别，我们要懂得互相尊重，彼此宽容。

第十五章
水陆两栖人的惆怅

> *伊赫利安德尔救了一个美丽的姑娘，他很想留在她身边，却又不得不无奈地看着她和别人一起走了……*

有一天大雷雨过后，伊赫利安德尔在海洋里游泳。他浮出水面的时候，看见离自己不远的海面上有个东西漂浮着，很像风雨从渔船上撕下的一块白帆。他游近了一些，才惊奇地看到这是一个年轻美丽的姑娘。她穿着黄色的衣裙，被绑在一块木板上。难道这个姑娘死了吗？也许还能救活呢！伊赫利安德尔迅速向姑娘游过去。他扶起了姑娘的头，他希望姑娘睁开眼睛，但又怕她睁开眼睛自己的样子会吓坏她。是否先脱下眼镜和手套、脚套呢？

还是救人要紧，他把载着姑娘的木板推往岸边，终于到了浅水的地方。他背姑娘上岸，把她从木板上解下来，抱到长着灌木丛的沙丘的阴影里，就着手做人工呼吸，使她恢复知觉。

他仿佛觉得她的眼睑颤动了一下，睫毛微微地动起来。姑娘微微睁开眼睛，望着伊赫利安德尔，她的脸上出现了恐惧的神色，接着她又闭上了眼睛。

　　伊赫利安德尔又喜又悲，喜的是他终于救活了姑娘，悲的是他吓着了姑娘。也许，现在他应该走了，姑娘一会儿自己就会醒来的，但是怎么能够把她这样无依无助的一个人留在这里呢？他正在犹豫不决的时候，听见一阵沉重而快速的脚步声。伊赫利安德尔慌忙向前一纵跳入海浪中，潜下水，游到一块岩石边观察岸上的动静。

　　一个肤色黝黑、蓄着毛茸茸的拿破仑式的胡子、头戴无檐帽的人从沙丘后面走出来。他用西班牙语轻轻地说："感谢圣母玛利亚，她在这儿。"他差不多是跑着到她身边的，后来忽然急速地转身朝海走去，冲进激浪里。他又迅速返回岸边，浑身湿淋淋的跑到姑娘身边，着手做人工呼吸。他低头凑近姑娘的脸吻她，开始迅速而热情地讲些什么。伊赫利安德尔只听得见断断续续的字句："我预先关照过你的……真是疯了……幸亏想到把你绑在木板上。"

　　姑娘睁开眼睛，微微抬头……脸色由恐惧变成惊奇，由惊奇变成愤怒，由愤怒变成不满意。蓄着拿破仑式胡子的人继续一边热情地讲些什么，一边把姑娘扶起来。但她依然柔弱无力，于是，他又把她放在沙滩上躺下。过了大约半个小时，他们才动身离开。当经过离伊赫利安德尔藏身的岩石不远的地方，姑娘皱起眉头，对戴帽子的人说："是您救活我的吗？谢谢！愿上帝奖赏您。"

"用不着上帝，只有您才能奖赏我。"

姑娘好像没听到这句话似的自言自语："奇怪，我刚才好像看见我身边仿佛有过什么怪物。"

"那当然是你的幻觉，"她身边的人答道，"也许是魔鬼吧！和我在一起，没有一个魔鬼敢碰您一下。"

这个人极力想让姑娘相信，他就是她的救命恩人。伊赫利安德尔躲在岩石后，无法揭穿他的谎言。

伊赫利安德尔无奈地看着他们远去，直到姑娘和那个戴帽子的人消失在他的视野中他才转过身看着大海。眼前的大海依然是那样辽阔空旷，他心中却升起了莫名的惆怅。伊赫利安德尔从藏身的岩石后跑出来，他在岸上看到一条被海浪冲上来的鱼，他把鱼捡起来，抛回大海里。

鱼游走了，伊赫利安德尔还呆呆地站在海边的浅水里。站了

一会儿，他又顺着海滩漫无目的地向前走着，看到海滩上有鱼和海星，就把它们抛进水里，就这样一直忙碌到黄昏。

海滨的风吹着伊赫利安德尔的鳃，鳃有点干燥得难受，于是，他就又泡到了水里。

有感而发 •

伊赫利安德尔救了一个美丽的姑娘，他想留在她的身边却不能。那个蓄着拿破仑式胡子的人满口谎言，伊赫利安德尔却不能揭穿他，他的惆怅都和那个姑娘有关。

第十六章
为情出走

> 克里斯多终于有机会和水陆两栖人单独相处，在他的鼓动下，伊赫利安德尔即将离开那个神秘的城堡……

　　萨里瓦托尔曾经受过惊吓的心终于平静下来，他又带了几个人外出打猎了，但这次没带克里斯多，因为他把伊赫利安德尔伺候得很好，萨里瓦托尔决定让他成为伊赫利安德尔的专职仆人。克里斯多心花怒放，他可以比较随便地和巴里达札尔见面了，接下来就可以考虑怎样绑架"海魔"了。

　　现在，克里斯多住在爬满常青藤的白色小屋里，为伊赫利安德尔做各种事，他们的关系越来越密切。伊赫利安德尔懂得的海洋知识比著名的科学家还多，他非常熟悉地理，知道各个洋、海和最主要的河流；他还掌握一些天文学、航海术、物理学、植物学和动物学的知识。可是关于人类的事情他知道的很少，像个四五岁的小孩子一样单纯。

　　白天暑气降临时，伊赫利安德尔从地洞不知游到什么地方去。炎热消退，他才回到白色小屋，在这里待到早晨。如果下雨

或者海面起了暴风雨，他整天在小屋子里度过，在潮湿的天气里，他觉得留在陆地上比较舒服。

这座白色的屋子不大，总共有 4 个房间。克里斯多住在靠厨房的一间屋子里。隔壁是饭厅，再往前是个大藏书室。另外一个最大的房间是伊赫利安德尔的寝室，中央有个大蓄水池，墙边放着一张床。"我睡在水里非常惬意舒服呢！"伊赫利安德尔常常睡在蓄水池里。

"医生嘱咐过你要睡在床上，你应当听父亲的话。"

伊赫利安德尔管萨里瓦托尔叫父亲，而且萨里瓦托尔确实也履行父亲的责任，他常常跟伊赫利安德尔在一起交流，还喜欢听伊赫利安德尔吹海螺。可是克里斯多怀疑他们的血缘关系，伊赫利安德尔的眉眼很像印第安人，身上的皮肤是什么颜色，克里斯多一直没看到，因为他的身上紧紧地穿着不知用什么材料造成的鳞形衣服。

"睡觉前你不脱下你那衬衫吗？"

"为什么要脱？我的鳞片并不妨碍我，它既不阻止鳃和皮肤的呼吸，同时又是可靠的保护物。鲨鱼的牙齿、锐利的刀都不能够穿过这层铠甲。"

"你为什么戴眼镜和手套、脚套呢?"克里斯多盯着摆在床边那些古怪的东西问道。手套和脚套是用浅绿的橡胶制成的。指头用嵌在橡皮里的多节的细芦苇来加长,并且附有蹼。脚套的趾头加得更长。

"手套、脚套帮助我游得快些,而眼镜在暴风雨搅起海底沙泥的时候能够保护眼睛。"

"你现在也游出海湾吗?"克里斯多问。

"当然啦。不过是从侧面的水底隧道游出去。有一次,有些恶人差一点儿用网捉住我,我现在很小心。"

"嗯……那么说,还有另一条通到海湾的水底隧道吗?"

"甚至有好几条呢。真可惜,你不能够跟我一起在水底游泳。为什么并不是所有的人都能够在水底生活呢?要是能够的话,我就带你骑着我的'海驹'游玩。"

"骑'海驹'?'海驹'是什么呀?"

"是我驯养的一条海豚。可怜的家伙!有一天,暴风雨把它抛上了岸,它的鳍伤得厉害,我把它拖回水里。我照顾它整整一个月,我们成了好朋友,其他的海豚也认识我。在海里跟海豚们嬉戏是多么开心的事啊!"

"你有敌人吗?"

"鲨鱼、八爪鱼啊,都是我的敌人,但是我不怕它们,我有刀子。"

"要是它们悄悄地接近你呢?"

"在老远的地方我就听见它们的声音了呀。"

"你在水底听得见吗?"克里斯多很惊讶,"就连它们轻轻游近也听得见?"

"是的。这有什么不可理解的呢?我的耳朵听得见,整个身体也听得见。它们会引起水的动荡,我能感觉到,就相当于听到了啊!"

"你睡着的时候也听得见?"

"当然啦。"

佐利达想得对，可以叫这样的海小子干些活。克里斯多心里想。不过在水里捕捉他可不容易，"整个身体也听得见"！除非落到捕兽器里。自己得预先通知佐利达。

"水底世界有多美啊！"伊赫利安德尔不停地赞叹，"不，我永远也不肯用海来换你们那闷热的、灰尘滚滚的陆地。"

"为什么说我们的陆地呢？你也是陆地的儿子呀，谁是你母亲呀？"

"我不知道……父亲说，我出世的时候，我母亲就死了。"

"可是，她当然是个女人，而不是鱼。"

"也许是的。"伊赫利安德尔也认同。

克里斯多笑起来。

"现在你对我讲讲，为什么你对渔民们捣蛋，欺负他们，割破他们的网，把鱼从划子里倒出来呢？"

"因为他们捕的鱼比他们能够吃得了的多。"

"可是他们捕鱼是为了出卖。"

伊赫利安德尔不懂。

"为了别人也能吃到鱼。"克里斯多解释说。

"难道人这么多？"伊赫利安德尔觉得奇怪，"难道陆地的飞禽走兽不够他们吃？他们干吗要到海里来呢？"

"这不是你一下子就能明白的，"克里斯多边说边打呵欠，"该睡了。"于是，克里斯多走了。

第二天早晨，克里斯多没有碰见伊赫利安德尔，他很迟才来吃早餐。

他有点心神恍惚，用叉翻了一下煎牛排之后，说："又是煎肉。"

克里斯多严肃地答道："医生吩咐过你要吃煎炒的食物。你不能总吃海里的生鱼，不要总睡在浴盆里，你总这样不听话，我会告诉医生的……"

"克里斯多，你别说了。我不想让他伤心。"伊赫利安德尔低下头，沉思起来。接着，他突然抬起他那双大大的眼睛，悲伤地望着印第安人说："克里斯多，我看见了一位姑娘。我从来没见过比她更美丽的东西，甚至在海底也没见过……"

"我骑着海豚沿岸边游，在离布宜诺斯艾利斯不远的地方看见她在岸上。她的眼睛是蓝色的，头发是金色的。"接着，伊赫利安德尔补充说，"不过她看到我，吃了一惊，跑掉了。我为什么要戴眼镜和手套呢？"

"后来你怎样了呢？"

"我等待她，可是她再也没回来。克里斯多，难道她永远再也不到岸边来了吗？"

克里斯多心里又惊又喜，原来这个水陆两栖人喜欢一个姑娘啊，正好利用这点劝说他到布宜诺斯艾利斯去，在那里，佐利达会很轻易地捉住他的。

"那姑娘可能不会到岸边来了，你穿上城里人的衣服，跟我到城里去吧，在那里我帮你找到她。"

"我会看见她吗？"伊赫利安德尔说。

"城里有很多姑娘，说不定你很快就能看见你喜欢的那个。"

"咱们马上走吧！"

"你真急，"克里斯多答道，"咱们明天天亮的时候一起动身，你游出海湾，我带了衣服在岸边等你。我还得去准备衣服呢！"

克里斯多心里想：有一夜的时间，我就来得及通知佐利达他们。

有感而发

　　伊赫利安德尔有着丰富的知识，但他的思想很单纯。单纯的人往往比较善良，好相处，学习知识会更专心，但是由于太相信别人，容易被人欺骗。

第十七章

走进城市

> 人类喜欢繁华的城市，可这里令伊赫利安德尔感到异常难受。他跟着克里斯多穿过人群，到处寻找他喜欢的那个姑娘……

　　第二天早晨，伊赫利安德尔游出海湾，走上岸来。克里斯多已经拿着白色的城里人穿的衣服在等他。伊赫利安德尔瞧了衣服一眼，仿佛那是可怕的蛇皮，接着他唉声叹气地穿上了衣服。显然，他是不喜欢穿这样的衣服。

　　"咱们走吧。"克里斯多快活地对他说。

　　克里斯多带伊赫利安德尔走进都市的主要街道，领他看耸立着大教堂和摩尔式建筑的市议厅广场，看四面簇拥着各种树木的"自由"方尖碑所在地的五月二十五日广场，看总统府。

　　眼前的繁华使克里斯多很兴奋，可伊赫利安德尔并不喜欢这一切，喧闹声、大都市的交通、灰尘、闷热和熙熙攘攘的人群使他烦躁不安，他只是在人丛中找着那个姑娘，常常拉拉克里斯多的手，低声说："她！"但他马上看出又错了，"不，这是另一个……"

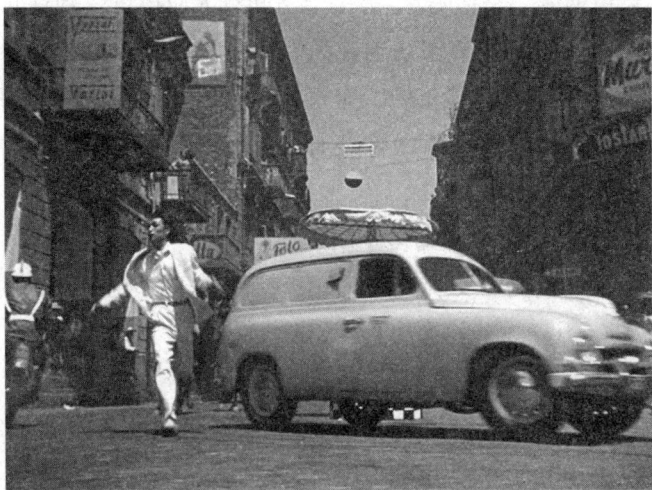

中午到了，暑气热得令人难以忍受。克里斯多提议走进一家设在地下室的小饭店里吃午餐。饭店里很阴凉，但很嘈杂。伊赫利安德尔喝了很多冷水，但是饭碰也不碰一下，他忧郁地说："在海洋中找一条熟识的小鱼比在这个人的旋涡里找一个人还容易，你们的城市真讨厌。我的肋部痛起来了，克里斯多，我要回家。"

"好吧，"克里斯多同意了，"咱们顺便去看看我的一个朋友就回家。"

"我不想到别人家里去。"

"是顺路，不耽搁时间。"

付过账，克里斯多领着伊赫利安德尔到他弟弟巴里达札尔那里去。他们走进一家昏暗的店铺里。伊赫利安德尔的眼睛习惯了幽暗，他惊异地打量着四周。这里很像海底的一角，货架上甚至地板上都堆满了小的、大的、螺旋形的和两扇的贝壳。天花板上垂下一串串珊瑚、海星、海鱼的标本，以及干螃蟹和其他稀罕的海洋"居民"。在这些熟悉的东西中间，伊赫利安德尔觉得安心一些。

"巴里达札尔！古绮爱莱！"克里斯多叫道。

"克里斯多，是你吗？"另一个房间有人应声道，"到这儿来。"

克里斯多弯下腰，进入通往另一个房间的低矮的门。

这房间是巴里达札尔的工作室，他在这儿用稀薄的酸溶液使因受潮而失掉光彩的珍珠恢复原状。克里斯多随手紧紧地掩上门。

"佐利达呢？"克里斯多不耐烦地问。

"不知道跑到什么地方去了，该死的。昨天我还和他吵了一架。"

"都是因为古绮爱莱吗？"

"是的。佐利达对她竭力巴结奉承，而她的答复老是一个'不'字，她又任性又倔强。"

"现在我们究竟该怎么办呢？"克里斯多狡猾地眨眨眼睛，巴里达札尔知道他说的是"海魔"的事。

"你带来了吗？"

"他坐在那儿呢。"

巴里达札尔走到门口，好奇地从钥匙孔里张望。"没看见啊。"他轻轻说。

"坐在椅子上，柜台旁边。"

"没看见，在那儿的是古绮爱莱。"

巴里达札尔迅速打开门，同克里斯多走进店铺里。

伊赫利安德尔不在了，黑暗的屋角里站着一位姑娘，她是巴里达札尔的养女古绮爱莱，她以美貌出名，周围远近的人都知道她。

但是古绮爱莱又腼腆又执拗，她多半用清脆而坚决的嗓音回答别人的求爱："不！"

佐利达看上了古绮爱莱，想娶她做妻子，巴里达札尔不反对和一个帆船主人结亲，可是，姑娘对佐利达的每次求婚，都是一成不变地回答："不！"

巴里达札尔和克里斯多走进来的时候，姑娘垂头站着。

"你好，古绮爱莱。"克里斯多说。

"小伙子在哪儿呀？"巴里达札尔问。

"我可没收藏小伙子，"她含笑答道，"我进来的时候，他十分古怪地盯着我，他像吓了一跳，站起身，突然用手按着胸口，拔腿就跑，一眨眼间就不见了。"

就是她，克里斯多端详着古绮爱莱想，她就是"海魔"要找的姑娘。

有感而发 ·····················

　　人们大都喜欢繁华的城市，水陆两栖人在这里却觉得很痛苦。因为，适合自己的才是最好的。

第十八章
水陆两栖人的小心机

美丽的姑娘使伊赫利安德尔沉迷，他却不知该如何表达。他独自冲进大海，在深处沉思……

伊赫利安德尔上气不接下气地顺着海岸边的大路跑，不知为什么，他只觉得心跳得很厉害。冲出这个可怕的城市后，他朝海岸奔去。到了海边，他环顾了一下，迅速脱掉衣服，把衣服藏在岩石堆里，跳到水里。

虽然很疲乏，他游泳却从来没有这样神速过，海里的鱼儿惊慌地躲避他。直到离开城市好几英里的时候，伊赫利安德尔才浮出水面，在这儿，他已经有了到家的感觉。

终于到了离海湾不远的地方，伊赫利安德尔抬头探出水面。他看见一群海豚在波涛中嬉戏，便嘹亮而悠长地呼喊了一声。一条大海豚快活地打了声响鼻作为回答，便迅速向他游来。

"快些，李定，快些！"伊赫利安德尔一面叫道，一面游着去迎接它。他跳上海豚的脊背："咱们向前游快些，远些！"

海豚顺从地迎着风浪赶快向大海深处游去。

海豚游了很久，累得精疲力竭，但伊赫利安德尔的心情还没平静下来。他突然从海豚的背上滑下来，沉入海里，越沉越深，直沉到幽暗的海洋深处，他想单独待一会儿。

伊赫利安德尔下沉得越来越慢，水似乎变稠了，重重地压在他的身上，呼吸越来越困难。伊赫利安德尔翻转身，俯身向岸边游去，在水底坐在离浅滩不远的礁石中间，看不远处的风景。

渔夫们把舢板拖到岸边休息，其中一个坐在舢板上，两腿齐膝垂在水里。伊赫利安德尔坐在水底，他看见水上面是无脚的渔夫，而在水中只看见他的脚，这两只脚又反映在镜子般的水面上。另一个渔夫泡在海水里，水浸到肩膀，于是，水里就出现一个无头但是有四只脚的古怪生物，仿佛把两个一模一样的人砍去了头，然后把一个人的肩膀安到另一个人的肩膀上似的。看起来模样怪异的渔夫使伊赫利安德尔觉得讨厌，即使他们上了岸，也依然是些不讨人喜欢的家伙。伊赫利安德尔想：“人类……他们爱吵闹，抽着可怕的雪茄，气味难闻。还是跟海豚在一起好些——它们又干净又快活。”

伊赫利安德尔漫无目的地遐想着，在海底待了三天。

在这三天，克里斯多担心极了，当伊赫利安德尔回来的时候，克里斯多绷着脸问：“你到什么地方去了？”

“在海底。”伊赫利安德尔回答。

“为什么脸色这样苍白？”

“我……我差点儿死了。”伊赫利安德尔平生第一次撒谎，接着，他把很久以前遭遇的往事讲给克里斯多听。

他说在海洋深处矗立着一块石质的台地，台地中央有一个椭圆形的大凹陷，这是真正的海底湖。

他游到这个海底湖上面，那罕见的浅灰色湖底令他诧异万分，仔细看时，他愣住了：这里真正是个各种海洋动物的坟地，从不知名的小鱼儿到鲨鱼和海豚这里都有。这里的动物统统都是死了的，纹丝不动，只是有些地方有气泡从湖底向水面上升。

他游到洼地边缘，突然觉得鳃部剧痛，呼吸困难，头晕。他差不多丧失了知觉，软弱无力地下坠，终于降落到盆地边缘。

讲完以后，伊赫利安德尔又拿他以前从萨里瓦托尔那儿听到的话做了补充："大概这个盆地里积聚了某种有害的气体——也许是硫化氢或者一氧化碳。"

说完，伊赫利安德尔匆匆吃罢早餐，戴上眼镜和手套、脚套朝门口走去。

"你只是为了这件东西才回来的吗？"克里斯多指着眼镜问道，"为什么你不谈谈你现在觉得怎样了呢？"

伊赫利安德尔的性格出现了新的特点：他变得爱隐瞒了。

"你别问了，克里斯多。我自己也不知道我怎么样了。"接着，他急急忙忙走出了房间。

有感而发 ·

　　水陆两栖人爱上了一个美丽的姑娘。爱，就要有一颗勇敢去爱的心，爱得坦荡，爱得真诚。

第十九章

昂贵的珍珠

在珍珠铺意外地碰见蓝眼睛姑娘之后，伊赫利安德尔窘得跑出铺子，向海边奔去。现在，他又想和姑娘结识了，他想把一颗昂贵的珍珠送给她……

伊赫利安德尔很想再见到那个姑娘，也许，最简单的办法是请克里斯多帮忙，可是他不愿当着克里斯多的面和姑娘见面。有一天傍晚，他独自去了珍珠商铺子。门是打开的，但姑娘不在，柜台旁坐着一个老印第安人。伊赫利安德尔转回岸边，岸上站着一位身穿薄薄的白色连衣裙、头戴草帽的姑娘，正是他要找的姑娘。伊赫利安德尔停住脚步，不敢走近。姑娘在等待着什么人，她不耐烦地踱来踱去，不时望望大路，她没看见隐藏在岩石后边的伊赫利安德尔。

这时，姑娘向着什么人挥起手来。伊赫利安德尔回头一望，看见一个身材高大、肩膀宽阔的年轻人顺着大路快步走来，他长着浅色的头发。他走到姑娘面前，向她伸出宽大的手，亲切地说："你好，古绮爱莱。"

"你好，奥列仙。"她回答。

浅色头发的年轻人紧紧地握住古绮爱莱纤小的手。

伊赫利安德尔怀着敌意瞧着他们，他伤心起来，差点儿放声大哭。

"带来了吗？"被称作奥列仙的年轻人望着古绮爱莱。

她点点头。

"你父亲不知道吗？"奥列仙问。

"不知道，这是我自己的东西，我可以随意处置它。"

古绮爱莱和奥列仙悄声交谈着，朝岸边走去。

后来，古绮爱莱拿出一串珍珠项链，想把它交给奥列仙。古绮爱莱拿着项链的线头，举起手，观赏着。

奥列仙已经伸出了手，忽然项链从古绮爱莱手里滑下，跌落到海中。

"我怎么搞的呀！"姑娘惊叫了一声。

伊赫利安德尔看见姑娘伤心的样子，顿时忘记了姑娘是想把珍珠项链赠送给奥列仙的。他从岩石后面出来，走到古绮爱莱跟前，他不能对她的悲伤漠不关心。

奥列仙面露愠色，惊奇地望了伊赫利安德尔一眼。姑娘认出了他就是那个十分突然地奔出铺子的青年。

"您好像把一串珍珠项链掉到海里去了吧？"伊赫利安德尔问，"如果您愿意，我把它找回来。"

"就连我父亲——一个最优秀的采珠手在这儿也无法找到它呢。"姑娘反对说。

"我试试看。"伊赫利安德尔谦逊地答道。接着，他衣服也不脱，从高峭的岸上跳入海中，隐没在波涛里。

一分钟过去了，第二分钟快到了，青年还没回来。

"他一定是死了。"古绮爱莱望着波涛，不安地说。

伊赫利安德尔不想让姑娘知道他能够在水底生活，他浮出水面，微笑着说："稍微等一下，海底碎石多，很难找。不过我会找到的。"说完又潜入水中。

又过了两分钟，伊赫利安德尔的头露出水面，他面带微笑，手伸出水面，把项链给他们看，另一只手里还拿着一支红色的珊瑚。

"钩住了礁石的突出部分，"伊赫利安德尔用十分平静的语气说，丝毫没有刚刚潜入水底的不适，仿佛他是从另一个房间出来似的，"要是珍珠掉入裂缝里，那就要多费一些工夫了。"

伊赫利安德尔走到古绮爱莱跟前，把项链交给她，水像小河似的从他衣服上淌下来，他也不加理会。

"请拿去吧！"

接着，伊赫利安德尔向姑娘鞠了一个躬，顺着大路急步走开。

帮助姑娘找回来了项链，伊赫利安德尔很高兴，可很快他心里涌现出新的念头和新的问题：那个浅色头发的大个子是谁呀？古绮爱莱为什么把自己的项链给他呢？他们会谈些什么话呢？

这一夜，伊赫利安德尔又和海豚一起在波浪中游来游去，在黑暗中大叫大嚷。第二天整整一天，伊赫利安德尔在水底度过。他戴上眼镜，脱了手套，在满是沙砾的海底爬着寻找珠母。晚上，他去看克里斯多，克里斯多一见他就唠唠叨叨地责备起来。

第二天黄昏，伊赫利安德尔又来到古绮爱莱和奥列仙会面的地方。跟那次一样，古绮爱莱先来了。伊赫利安德尔从岩石后出来，走到姑娘面前。古绮爱莱看见了他，像熟人一般对他点点头，然后含笑问道："您在跟着我吗？"

"是的，"伊赫利安德尔直率地答道，"自从第一次看见您以后……"接着，他不知该说什么了，又问，"您把您的项链送给了那个……奥列仙。可是，在送给他以前，您还在欣赏，您喜欢珍珠吗？"

"喜欢。"

"那么，请收下这个吧……是我送给您的。"接着，他递给古绮爱莱一颗珍珠。

古绮爱莱对珍珠的价值很在行，伊赫利安德尔手掌上的那颗珍珠比她所见过的以及从父亲的讲述中知道的珍珠都名贵。这是一颗洁白的、形状无可挑剔的大珍珠，重量不下 200 克拉，至少值 100 万金比索。惊讶万分的古绮爱莱一会儿看看这颗非凡的珍珠，一会儿看看站在面前的英俊青年。他健康、强壮有力，机警，但有点腼腆，穿着满是褶皱的白衣服。可是，他要把这样昂贵的礼物送给一个他不大熟悉的姑娘。

"请收下吧。"伊赫利安德尔坚持着重复说。

"不，我不能够接受您这样贵重的礼物。"

"不，这根本不是贵重的礼物，"伊赫利安德尔急切地反驳说，"这样的珍珠海底有成千成万。"

古绮爱莱笑了一笑。伊赫利安德尔很窘，涨红了脸。经过短时间的沉默之后，他加了一句："好啦，我请求您收下吧。"

"不。"

伊赫利安德尔皱起眉头，他生气了。

"既然您不愿意自己收下，"伊赫利安德尔坚决地要求道，

"那么替那个奥列仙收下吧。他不会拒绝的。"

古绮爱莱生气了。

"他不是为自己拿的，"她严肃地答道，"您什么也不知道。"

"那么说，不收下吗？"

"不。"

于是，伊赫利安德尔把珍珠远远扔入海里，默默地点点头，转过身，向大路走去。

这个举动令古绮爱莱惊愕得目瞪口呆，她一动不动地站着。百万财富扔进海里，像扔掉一块普通石子那样！她觉得过意不去，她干吗叫这个古怪的青年伤心呢。

"请站住，您上哪儿去呀？"

可是伊赫利安德尔低低地垂着头继续走，古绮爱莱追上了他，拉住他的手，瞧瞧他的脸，他的脸上满是泪水，他以前从来没有哭过。姑娘拉住他的双手说："请原谅，我让你伤心了。"

有感而发

　　伊赫利安德尔把昂贵的珍珠送给心爱的姑娘，她没有接受。金钱诚可贵，感情价更高。其实，他的爱比珍珠还要珍贵，他的真情最终感动了姑娘。

第二十章

他们都受伤了

在离海湾不远的地方，渔民从舢板上射击海豚。一条大海豚被子弹打伤了，伊赫利安德尔赶忙去援救……

从此，伊赫利安德尔和古绮爱莱建立了深厚的友情，他们经常在离城不远的岸边见面，他们顺着海岸散步，天南地北地交谈。

古绮爱莱越来越喜欢这个新朋友了，伊赫利安德尔真是个与众不同的人，他相当聪明、机智，知道许多古绮爱莱不了解的东西，但同时又那么单纯，城市里每个小孩都明白的普通道理他却不知道。

有时候，他们长久地坐在海边，听拍岸的波涛在脚边喧闹，星星在眨眼，他们什么话也不说，伊赫利安德尔也觉得很幸福。

"该走了。"姑娘说。

伊赫利安德尔不情愿地站起来，把她送到城郊，然后赶快转回来，脱去衣服，游回自己家里。

伊赫利安德尔开始采集珍珠，把它们堆放在一个水底洞里。他高高兴兴地工作着，不久便采集到一大堆上等珍珠。他会成为阿根廷甚至是全南美洲最富裕的人，但他自己并不知道这点。他会成为世界上最有钱的人，可是他对钱财并不在意。伊赫利安德尔很惋惜古绮爱莱住在尘土飞扬、闷热、嘈杂的都市里，不能时时和他在一起。

有一天傍晚，古绮爱莱对伊赫利安德尔说，明天她不来了。

"为什么呢?"他皱着眉头问。

"我有事情。"

"什么事?"

"每个人都有自己的秘密，"姑娘含笑答道，"别送我了。"她补充一句，便走了。

伊赫利安德尔钻进海洋里，他通宵躺在长满青苔的岩石上，郁郁寡欢。直到黎明时，他才游向自己的家。

在离海湾不远的地方，渔民从舢板上射击海豚，一条大海豚被子弹打伤了，高高跃出水面，又沉重地跌下来。

"李定!"伊赫利安德尔低声惊叫。

一个渔民已经从舢板跳入海里，等着这只负伤的海豚浮上水面。可是海豚在离渔民约 100 米的地方潜出水，艰难地喘一口气，又沉入水里。

渔民迅速地向海豚游去。伊赫利安德尔赶忙去援救朋友。海豚又一次泅出水，就在这时，渔民一把抓住海豚的鳍，把这只软弱无力的动物拖向舢板。

伊赫利安德尔迅速游过来，追上渔民，用牙齿咬他的脚。渔民以为自己被鲨鱼捉住了，双脚开始拼命地乱踹乱蹬，挥动另一只手握着的刀，乱砍一通。有一刀砍中了伊赫利安德尔没有鳞片遮盖的脖子。伊赫利安德尔放开了渔民的脚，那人急忙向舢板游去。伊赫利安德尔带着受伤的海豚向海湾游去，他们潜进一个水底洞，在这儿水只浸到洞的一半高，空气透过裂缝渗进洞里。在这里，海豚可以安全地喘过气来。伊赫利安德尔检查它的伤口，伤势并不严重，子弹钻进皮下，卡在脂肪里。伊赫利安德尔用手指取出子弹，海豚耐心地接受着手术。

"伤口会长好的。"伊赫利安德尔亲切地拍着朋友的背脊说。

现在，该想到自己了，伊赫利安德尔迅速游过水底隧道，登上花园，走进白色的小房子。

克里斯多看见自己负责照料的人受了伤，大吃一惊。

"你怎么啦?"

"我保护海豚，被渔民弄伤了。"

"又到城里去了吗?"克里斯多为伊赫利安德尔包扎伤口的时候怀疑地问。

"稍微揭起你的鳞片。"克里斯多说。于是，他把伊赫利安德尔肩膀上的鳞片稍微揭开些，看见了一块紫色的斑。

这块斑的形状吓了克里斯多一跳。

"他们用桨打你吗?"他摸着伊赫利安德尔的肩膀问。

"没有。"伊赫利安德尔回答。这儿没有浮肿，显然是胎记。

伊赫利安德尔到自己的房间去休息，克里斯多两手托着头沉思了很久，后来站起身离开了。

克里斯多急忙往城里去，气哼哼地跨进巴里达札尔的铺子，向坐在柜台边的古绮爱莱满腹狐疑地瞧了一眼，问道:"你爸爸在家吗?"

"在那边。"姑娘朝另一个房间的门点点头，答道。

克里斯多走进工作室，随手掩上门。

巴里达札尔正在许多烧瓶后面洗珍珠，看到克里斯多他很生气："你疯了！"巴里达札尔唠叨起来，"佐利达在发脾气，因为你直到现在还没带'海魔'来。古绮爱莱经常不知跑到什么地方去，对佐利达连话都不愿意讲。佐利达说，他等腻了，就要用武力抓她走。他是什么事情都干得出来的。"

克里斯多听完了兄弟的牢骚话，无奈地说："听着，我不能带'海魔'来，因为他正跟古绮爱莱一样，经常不知跑到什么地方去，又不愿意跟我一起进城。他根本不听我的话了。医生会责怪我不好好照料伊赫利安德尔的……"

"那么，得快些把伊赫利安德尔捉来或偷出，赶在萨里瓦托尔回家以前。"

"等一等，巴里达札尔，你别打断我的活，我们对伊赫利安德尔不应该着急。"

"为什么不应该着急呢？"

克里斯多叹息了一声，仿佛不大想吐露自己的计划。

"你知道吗？"他开口说话。

正在这时候，有人走进铺子，接着他们听见了佐利达那洪亮的声音。

"你看，又是他！"巴里达札尔嘟囔着，一面把珍珠扔到洗槽里。

佐利达已经推开门，跨进工作室。

"兄弟俩都在这儿。你们还要长期哄骗我吗？"

克里斯多站起身，献媚地笑着说："我已经尽了我的能力了。请再等待一下。"

"我等腻了。我决定尽快把这两件事都解决。萨里瓦托尔还没回来吧？"

"这几天内要回来了。"

"那么，得赶快。我挑选可靠的人。明天，我还有话跟你谈一谈。不过要记住，这将是咱们最后一次谈话。"

兄弟俩默默地鞠了一躬。佐利达转过身去之后，献媚的笑容就从两个印第安人的脸上消失了。巴里达札尔小声怒骂着，克里斯多仿佛在想自己的心事。

有感而发 ·

　　海豚被渔民的子弹打伤了，伊赫利安德尔为救海豚也受了伤。真正的友谊不是在口头上，而是在行动上，特别是朋友处于危难时刻，更要伸出援手。

第二十一章

跳入大海

> 伊赫利安德尔爱上了古绮爱莱，他以为姑娘并不爱他，这个单纯的水陆两栖人伤心欲绝……

伊赫利安德尔身体很不舒服，脖子上的伤口疼痛，他在发烧，在空气中呼吸很困难。

第二天早晨，他依然到海边去等古绮爱莱，直到中午她才来。天气热得叫人忍受不住。古绮爱莱很着急的样子，刚交谈了几句就要回城。

"父亲有事出去了，我必须留在铺子里。"

"那么，我送您吧。"伊赫利安德尔说。

这时候，奥列仙低垂着头迎面走来，他满怀心事，擦过古绮爱莱身边时也没看见她。姑娘叫住了他。

"我只需要跟他讲两句话。"古绮爱莱对伊赫利安德尔说。于是，她转身走到奥列仙面前。

他们轻轻地、急速地谈些什么，看样子，好像是姑娘在恳求他。

　　伊赫利安德尔走到距离他们几步远的地方，躲在一块岩石后。

　　"好吧，今晚半夜以后。"奥列仙说完就走了。

　　古绮爱莱走到伊赫利安德尔跟前的时候，他的两颊和耳朵都发红，他终于想跟古绮爱莱谈谈奥列仙的事情，但不知道该怎样开口。"我不能够，"他喘着气终于开口说，"您应该知道……奥列仙……您对我隐瞒了一些秘密。您要晚上跟他会面。您爱他吗？"

　　古绮爱莱拉着伊赫利安德尔的手，温柔地看着他，含笑问道："您相信我吗？"

　　"我相信……您知道，我爱您，"现在，伊赫利安德尔已经跟人类学会"爱"这个词儿了，"不过，我……不过我十分难受。"

　　伊赫利安德尔说的是实话，他感觉到肋部像刀割似的剧痛。

　　"您准是病了，"姑娘不安地说，"请您放心，我可爱的小孩子。我本来不想把一切都告诉您，不过，为了叫您安心，我现在就说。"正在这时，有个骑马的人从他们身边跑过，他看到古绮爱莱之后，猛地勒转马头，下马走到两位年轻人面前。伊赫利安德尔看见一个皮肤黝黑、年纪已经不小的人，他蓄着一小撮拿破仑式的胡子。

伊赫利安德尔曾经在什么地方见过这个人，对了，在海岸边，虽然他不知道这就是费尽心机要捉住他的佐利达。

骑马的人用马鞭抽了靴子一下，猜疑地、敌意地打量了伊赫利安德尔一眼，向古绮爱莱伸过手去。

他抓住了姑娘的手之后，突然把她稍微拉近马鞍，亲吻她的手，纵声大笑起来。

古绮爱莱很生气，可是他不让她讲话。他说："你父亲早已等着了，我一个小时以后到铺子里。"

伊赫利安德尔已经听不见最后一句话了。他突然觉得眼前发黑，有一块东西涌到喉咙，呼吸停顿了。他再也不能够在空气中逗留。

"那么您……到底是……欺骗了我……"他翕动着发青的嘴唇说。他本来想讲话，但肋部的疼痛忍受不下去了，他差点儿丧失了知觉。

终于，伊赫利安德尔猛地跑开，直奔岸边，从陡峭的悬崖跃入海中。

古绮爱莱惊叫一声，身体摇晃了一下。接着，她跑到佐利达跟前："快些……救救他吧！"

佐利达一动也不动。

古绮爱莱向岸边跑去，想跳入水中。佐利达策马赶上姑娘，抓她上马，顺着大路纵马疾驰而去。古绮爱莱昏厥过去，一直到了父亲的铺子门前她才恢复神志。

"那个年轻是人谁？"佐利达问道。

古绮爱莱瞪了佐利达一眼，说："请放开我。"

佐利达皱起眉头。他想，她心目中的英雄跳进海里了。这倒好些。

接着，他朝铺子大声叫喊："巴里达札尔，哎——喂！"

巴里达札尔奔出来。

"接过你女儿吧。你还得谢我。我救了她，她险些儿跟着一个英俊的小伙子投海，这已经是我第二次救回你女儿的性命了。"

巴里达扎尔卑躬屈膝地鞠了个躬。佐利达策马走了。

父女俩进入小铺子。古绮爱莱无力地坐到椅子上，双手捂着脸。

姑娘回忆起和伊赫利安德尔在一起的美好时光，心里想，可怜的人！现在一切都完了……

古绮爱莱哭泣着，她以为淳朴、羞怯的伊赫利安德尔已经葬身大海了。

"以后怎么办呢？"她自言自语，"也像伊赫利安德尔那样跳海？自杀？"

有感而发 •

古绮爱莱也爱伊赫利安德尔，只是他们之间有误会。她并不了解伊赫利安德尔的特异功能，以为他投海而死了。

第二十二章

水底洞的孤单

> 伊赫利安德尔想把水底洞收拾一下，这里却被章鱼占据了，勇敢的他拿出了锋利的长刀……

伊赫利安德尔跳入海中，清凉的海水使他冷静下来，刺痛停止了，他想做点事情，活动一下筋骨。

应该把水底洞收拾好。伊赫利安德尔心里想。

海湾陡直的悬崖下有一个洞，弓形的大洞口前面露出一片缓缓倾斜到深海去的水底平原的美景。这里曾是伊赫利安德尔的水底别墅，现在却被章鱼占据了。

伊赫利安德尔戴上眼镜，手拿有点弯曲的锋利的长刀，勇敢地游到洞口。他又把鱼叉拿到另一只手里，站在洞口旁边，开始舞动鱼叉。

章鱼不满意外人侵入，微微活动起来。弓形门的边缘出现了几条长长的、弯弯曲曲地扭动着的触手，它们小心翼翼地逼近鱼叉。伊赫利安德尔在章鱼触手还来不及抓住鱼叉之前，一下子抽

回鱼叉。这样戏弄了几分钟，庞大的老章鱼终于忍不住了，一面蠕动着触手爬出洞口，一面变换着颜色。伊赫利安德尔游到一旁，扔掉鱼叉，准备战斗。他深知跟长着 8 只长脚的敌人搏斗不是容易的事，有时还来不及割断它的一只爪，其他 7 只爪就会紧紧捆住自己。

伊赫利安德尔让章鱼游近，等它的触手尖够到他的时候，在缠成一团的扭动着的触手中出其不意地往前一冲。这个奇特的方法，总是叫章鱼措手不及。章鱼再把触手尖收集拢来，用它们缠绕着伊赫利安德尔至少要四秒钟。在这段时间内，伊赫利安德尔已经用迅速准确的刀法剖开章鱼身体，刺中心脏，割断其运动神经。于是，已经缠住他身体的粗大触手突然毫无生气地松散开来，瘫软地垂下。

伊赫利安德尔又拿起鱼叉，这次一下子两条章鱼迎着他游过来。一条径直向伊赫利安德尔游来，一条迂回运动。伊赫利安德尔向面前的章鱼扑去，可是，还没有杀死它，另一条章鱼已经缠住了他的脖子。伊赫利安德尔用刀在自己颈边扎穿章鱼脚，迅速切断它，然后转身面对章鱼，快刀砍掉它的触手。受了重伤的章鱼徐徐摇晃着，沉下海底。伊赫利安德尔又迅速杀死了原先在他面前的那条章鱼。

这时，大队章鱼游出洞来。死章鱼的血把水搞浑，在翻腾着的血水中，占上风的是章鱼。

这次战斗断断续续地进行了好几个小时。等到最后一条章鱼终于被歼灭，水澄清了之后，伊赫利安德尔看见海底躺着许多章鱼尸骸。

肃清了洞里的大章鱼之后，伊赫利安德尔决心给自己的水底住宅陈设家具。他从家里搬来了一张大理石面的铁腿桌子，又拿来了两个中国式花瓶。

伊赫利安德尔的水底洞整洁幽雅，这是世间稀奇的水底房间，许多怀着好奇心的鱼儿都来观看这从未见过的新居。他很想把自己的水底新居给别人看，哪怕是一只生物也行。伊赫利安德尔想起了海豚。

伊赫利安德尔拿了海螺，浮出水面，吹响海螺。不久，就传来了熟悉的响鼻声，那只熟悉的海豚循着声音而来。

等海豚游到时，伊赫利安德尔亲切拥抱了它一下，就带着它潜入海底，来到了自己的水底洞。

然而，海豚是一位挺会添麻烦的客人，它又大又笨，使得花瓶在桌上摇晃起来，还撞翻了桌子。

他捡起花瓶，对自己的朋友说："你可真笨啊！"

伊赫利安德尔并不嫌弃自己的朋友，他拥抱了海豚一下，继续对它说："跟我留在这儿吧，李定。"

海豚摇摇头，表现出不安的神态，它不能长时间待在水底，它需要空气。于是，海豚摆动着鳍，游出洞，浮上水面。

就连李定也不能跟自己在水底一起生活。伊赫利安德尔一个人留下的时候伤心地想。

有感而发

伊赫利安德尔布置好了水底洞，却没有谁能陪他一起在这里生活，他觉得非常孤独。孤独源于爱，无爱的人不会觉得孤独，几乎每个生命都希望有同伴一起生活。

第 二 十 三 章

情敌之间的交谈

> 伊赫利安德尔和奥列仙原本是情敌，却终于有机会进行交谈，很多秘密被揭开了……

奥列仙坐在一只艇上，隔着船舷观望海水。几个印第安人不时浮上水面，换一口气，又钻进水里。离中午还早，天却已经很热了。自己也到水里凉快一下吧，奥列仙想，于是很快脱掉衣服，跳入水中。

第三次沉入水的时候，他看见水里的两个印第安人霍地跳起来，仿佛被鲨鱼追逐似的。奥列仙回头一望，一只生着青蛙爪、银鳞和突出大眼睛的半人半蛙怪物向他疾游过来。

奥列仙来不及逃开，怪物已经到了他身边，用青蛙爪抓住他的手。奥列仙看出这只生物有一张漂亮的人脸。怪物用两只手紧紧拉着奥列仙的一只手，奥列仙使劲用脚一蹬，离开海底，飞快地升上水面。浮到水面之后，奥列仙抓住大艇船舷，一条腿跨过船边，爬到艇里去，甩开了这个长着青蛙爪的半人怪物。

可是怪物又泅近大艇，操着西班牙语对奥列仙说："请听我说，奥列仙，我要跟您谈谈古绮爱莱的事。"

奥列仙听了这句话大吃一惊，竟然这陌生的怪物会说话，还知道他和古绮爱莱，那就是说，这是人并不是怪物。

"我听您说。"奥列仙说道。

伊赫利安德尔爬上大艇，盘着腿，两只爪交叉在胸前在船头坐下。

奥列仙留心着那双突出的、闪闪发光的眼睛，心里想，原来是眼镜！

"我的名字叫伊赫利安德尔。有一次，我替您从海底找回了珍珠项链。"

"可是，那时候您有人的眼睛和人的手。"

伊赫利安德尔微微一笑，摆摆两只青蛙爪。

"可以脱下来的。"他简短地回答。

"我也这样想。"

"您爱古绮爱莱吗？"伊赫利安德尔沉默半晌，问道。

"是的，我爱古绮爱莱。"奥列仙直截了当地回答。

伊赫利安德尔深深地叹了一口气。

"她也爱您吗？"

"她也爱我。"

"不过，她不是爱我吗？"

"那是她的事。"奥列仙耸耸肩膀。

"怎么是她的事？她是您的未婚妻呀！"

奥列仙现出一副奇怪的神态，依旧和先前一样心平气和地回答："不，她不是我的未婚妻。"

"您撒谎！"伊赫利安德尔面红耳赤地说，"我亲耳听见，那个皮肤黝黑的骑马的人说她是未婚妻。"

"我的未婚妻吗？"

伊赫利安德尔发窘了。不，皮肤黝黑的人并没说古绮爱莱是奥列仙的未婚妻。但是，年轻的姑娘不会是这个皮肤黝黑、又老又叫人讨厌的家伙的未婚妻吧？

"您在这儿干什么？找珍珠吗？"

"老实说，我不喜欢您问东问西。"奥列仙绷着脸答道，"不过，我也无需瞒着您，我确实是在这儿寻找珍珠。"

"您喜爱珍珠吗？"

"您找我到底有什么事情呀？"奥列仙恼怒地问。

"我要知道，古绮爱莱为什么送珍珠给您。您不是想跟她结婚吗？"

"不，我不打算跟古绮爱莱结婚，"奥列仙说，"而且，即使打算，也已经迟了，古绮爱莱已经成了别人的妻子了。"

伊赫利安德尔脸色发白，一把抓住奥列仙的手。

"成了那个皮肤黝黑的人的妻子？"他惊慌地问。

"是的。她嫁给了佐利达。"

"可是她……我觉得，她爱我呢。"伊赫利安德尔轻轻地说。

"是呀，我觉得她爱您。不过，她亲眼看着您跳进海里，淹死了——至少她这样想。"

伊赫利安德尔诧异地瞧瞧奥列仙，他没想到，姑娘会把他从悬崖跳海理解为自杀。

奥列仙继续说："您的死亡使她很伤心。"

"可是，她干吗这么快嫁给别人呢？要知道，我救了她的性命，我把她背上岸，藏在石堆里。随后，这个皮肤黝黑的人来了，要她相信是他救了她。"

"古绮爱莱对我谈过这件事。"奥列仙说，"她也不知道究竟是谁救起她的，是佐利达还是一个怪物。她恢复知觉的时候，这怪物在她面前闪现了一下。为什么你不亲口告诉她你救了她呢？"

伊赫利安德尔之所以没说是自己，是因为当时怕吓着姑娘。

"可是，她怎么会同意嫁给他呢？"伊赫利安德尔问。

"事情是这样发生的……"奥列仙慢吞吞地说，"古绮爱莱的父亲巴里达札尔很希望这门婚事成功，对巴里达札尔来说，佐利达是个乘龙快婿。况且，巴里达札尔还欠了佐利达一大笔债。假使古绮爱莱不肯嫁给他，佐利达可以让巴里达札尔破产。你想一

想，姑娘过着怎样的日子——一面是佐利达纠缠不已的追求，另一面是父亲的责骂和请求。"

"为什么古绮爱莱不撵走佐利达呢？您这样高大有力气，为什么不揍这个佐利达一顿呢？"

"这并不像您想得那么简单，"奥列仙答道，"法律、警察、法庭会出来保卫他的。"

"那么她为什么不逃跑呢？"

"逃跑比较容易些。她也决心和我一起逃走。我很早就打算到北美洲去，我建议古绮爱莱同我一道走。"

"为什么你们不走呢？"

"因为我们没有买船票的钱。"

"难道'荷乐克斯号'的船票非常贵吗？"

"我们就连乘客和货混合轮船的船钱也不够。走了以后，也需要种种开支。"

"所以古绮爱莱决心出卖自己的珍珠项链？"

"打算逃跑的一切都已经准备好了。"

"那我……这样怎么行？请原谅……这是说，她打算连我也抛下吗？"

"这一切都是在你们还没有相识的时候开始的。后来，据我所知，她想预先通知您。也许，还想向您建议跟她一道走。最后，假使她没能跟您谈逃走的事，她也会在路上写信给您的。"

"可是，为什么跟您走，而不是跟我呢？"

"我和她认识了一年多，而我们打算一起走的时候她还不认识您呢……"

"请讲吧，讲下去吧，别理会我的话。"

"哦，是这样的！一切都准备好了，"奥列仙继续说，"可是这时古绮爱莱亲眼看见您投水，而佐利达又无意中碰见古绮爱莱同您在一起。那天清早，去上班之前，我顺便到古绮爱莱那儿，想通知古绮爱莱说买到了船票，让她在晚上 10 点以前准备好。巴里达札尔见到我，很激动地说：'古绮爱莱不在家。半个小时以前，佐利达坐着一辆雪亮的新汽车到家里来，一把抓住古绮爱莱，让她坐在汽车里，连踪影也不见了。'"

奥列仙解释说："佐利达在巴拉那城不远的地方有一座叫作'陶乐莱丝'的庄园，他大概把古绮爱莱带到那里去了。"

"在'陶乐莱丝'庄园里吗？"

"应该是的。"

"您没想把佐利达杀死，把古绮爱莱解救出来吗？"

"又是打又是杀的，谁能想到您这样嗜血成性？"

"我不是嗜血成性，"伊赫利安德尔眼里含着眼泪叫道，"不过，这太令人气愤了！"

奥列仙对他怜惜起来。

"您讲得对，伊赫利安德尔，"奥列仙说，"这是很令人气愤，可是生活显然比您所想象得复杂，也许古绮爱莱自己也不想离开佐利达。"

"为什么呢？"

"首先，她深信您自杀了——由于她的缘故而淹死。您的

'死'使她很痛苦。她看来是非常爱您。'现在我的一生完了，奥列仙，'她对我说，'现在我什么也不需要了，我对一切都无所谓了。'

"其次，她可能做百万富翁的妻子。佐利达说，他要捕获'海魔'——这是不是指您呢？您能够安然地待在水底，您吓唬采珠工人……"

伊赫利安德尔并不想向奥列仙泄露自己的秘密，他不回答问题，却反问道："佐利达要'海魔'有什么用呢？"

"佐利达想强迫'海魔'采珍珠。如果您是'海魔'，那得当心啊！"

伊赫利安德尔忘记了自己的安危，他突然说："我必须去看她，见她一面，哪怕是最后一次也好。巴拉那城？哦，我记得，到那儿的路是沿巴拉那河上去的。不过，怎样从巴拉那城到'陶乐莱丝'庄园呢？"

奥列仙向他详细说明了路线。

伊赫利安德尔紧紧握了握奥列仙的手："别了，我要动身去找古绮爱莱了。"

有感而发

古绮爱莱嫁给了那个又老又讨厌的佐利达，这令伊赫利安德尔很气愤，虽然他不懂得人类社会的复杂，但他有一颗勇敢的心，他决定去寻找自己深爱的人。

第二十四章
受困与"复活"

伊赫利安德尔动身去找古绮爱莱，当他快要到达"陶乐莱丝"庄园的时候，一个胖警察用手铐铐住了他的双手……

伊赫利安德尔急切地想见到古绮爱莱，于是他马上收拾行装。他取出了藏在岸边的衣服和鞋子，用皮带把它们绑在背上。他戴好眼镜和手套、脚套便跳入河中，从水路出发了。

拉普拉塔河口海湾里停泊着各种各样的大小船只，海底纵横交错着锚链和缆索，好似水底森林纤细的树干。伊赫利安德尔在海湾污秽的水里很难呼吸，像人在不通空气的房间里一样。他在海湾越往上游，就越强烈地感觉到迎面而来的水流阻力，游起来更费力了。

伊赫利安德尔只好下沉得更低些，有轮船底经过他头顶的时候他便抓住龙骨。他让轮船拖着走，这样不容易被人发现而且走得快。三角洲走完了，轮船沿巴拉那河行驶，河水夹带着大量淤泥。

伊赫利安德尔两手越来越累，肚子非常饿，因为他一整天没吃东西了，他决定离开轮船寻找食物。他放开轮船龙骨沉到河底，细细察看满是淤泥的河底。他既没找到伸直身子俯卧的比目鱼，也没发现蚝。黑夜来临的时候，他终于捉到一条大梭鱼，就狼吞虎咽地吞下。肚子不饿了，可还是很累，伊赫利安德尔想休息一下，于是他在河底找了几块石头，把它们排起来，用手搂着其中一块石头，然后躺下睡觉了。

刚刚睡了一会儿，伊赫利安德尔感到有轮船驶近。他想该继续赶路了，于是他抓住了一艘逆流而上的客轮，就这样被带到了巴拉那城。水中的行程走完了，接下来是地面上的行程，对他来说这段会更艰难。

第二天早晨，伊赫利安德尔离开城市嘈杂的港口，到没有人的地方小心翼翼摘下眼镜和手套、脚套，把它们埋入岸边的沙泥里。他在阳光下晒干鞋子和衣服，然后穿上。他穿着满是褶皱的衣服，看起来像个流浪汉，当然他自己丝毫不在乎这一点。

伊赫利安德尔按照奥列仙指点的路沿着河右岸走，走了很久也没看见什么庄园。天气越来越热，简直让人喘不过气来。伊赫利安德尔不得不几次脱掉衣服，跳进水里放松一下。下午4点左右的时候，他侥幸遇见一位模样像雇农的老头，就向他询问去往"陶乐莱丝"庄园的路。老头告诉他："你一直沿着穿过田野的这条大路走，走到一个大池塘，跨过桥，登上一个小山冈，你就能看到那座庄园了。"

伊赫利安德尔向老人道了谢，沿着小麦地和玉米地旁边的大路迅速向前跑去。跑啊跑啊，他累得精疲力竭，肋部像刀割般的疼痛，更口渴得难受，可是周围没有一滴水。他的腮帮和眼睛塌陷了，呼吸困难，现在也很想吃东西，但这儿有什么可吃的呢？快些到池塘就好了，伊赫利安德尔热切地盼望着。

这时候，一个肥胖的人两手抄在背后，迎着伊赫利安德尔走来。他身穿缀着亮闪闪的纽扣的白制服，头戴白帽，腰带上挂着一个枪套。

"请告诉我，到'陶乐莱丝'庄园远吗？"伊赫利安德尔问。

胖子满腹狐疑地打量了伊赫利安德尔一眼。

"你有什么事？你从哪儿来的？"

"从布宜诺斯艾利斯……"

穿制服的胖子警惕起来。

"我要到那儿见一个人。"伊赫利安德尔补充说。

"伸出手来！"胖子命令道。

这样的命令让伊赫利安德尔觉得很奇怪，但他以为不会是什么坏事，便伸出两只手。胖子连忙从口袋里掏出一对"铁镯子"（手铐），一下锁住了伊赫利安德尔的双手。

"可逮住你了。"胖子低声嘟囔着说，接着在伊赫利安德尔的肋部推了一下，吆喝道，"走！我陪你到'陶乐莱丝'那儿。"

"您干吗把我的手铐上呢？"伊赫利安德尔觉得莫名其妙，一边问一边举起手细看手铐。

"什么话也别说！"胖子声色俱厉地呵斥道，"走！"

伊赫利安德尔垂下头，蹒跚地顺着大路走。这个胖子是警察，他正在搜索犯人。伊赫利安德尔穿着满是褶皱的衣服，又说不明白旅行的具体目的，因此警察把他当成了逃犯。对于这一切，伊赫利安德尔当然不会明白，但他明白他的自由被剥夺了，他就不能尽快见到心爱的姑娘了。无论如何，只要有机会，他就要设法恢复自己的自由。

终于，伊赫利安德尔看到了架着一道窄窄的桥梁的池塘，不由得加快了脚步。

"别忙着到你的'陶乐莱丝'那儿去！"胖子大声喊道。

等走上桥到了桥中间时，伊赫利安德尔突然弯身探出栏杆外，跳入水里。

胖子怎么也没料到双手戴铐子的人会有这样的举动。

然而，伊赫利安德尔也没料到胖子会紧跟着他跳入水中，并揪住他的头发。

"你会淹死的，小子！游到我这儿来吧！"

这倒是个好主意，伊赫利安德尔想，于是突然大叫起来："救命呀！我要淹死啦……"便沉到塘底。

他在水里观察着胖子怎样潜水找他。最后，胖子显然认为不可能找到他了就向岸边游去。

他马上会走的，伊赫利安德尔认为。可是胖子并没走开，他拿定主意在侦查机关人员没来到之前，留守在"尸首"附近。按照胖子的见解，溺死者躺在塘底还是要看守着的。

这时，一个农民骑着驮了几麻袋东西的骡子走过桥。胖子命令农民抛下袋子，带一张便条赶快到最近的警察局去送信。情况变得对伊赫利安德尔不利了。此外，池塘里有水蛭，它们咬着伊赫利安德尔。要把它们掸掉就会使水波动，引起警察注意，他只好忍着。

大约过了半个小时，农民骑着骡子回来了。紧接着，三个警察走近岸边，两个头上顶着一只轻便的舢板，还有一个拿着拨钩竿和船桨。

他们把舢板放下水，开始寻找溺死的人。伊赫利安德尔并不害怕搜索，对他来说，这差不多就是玩耍——他只要转移地点就行。警察们用拨钩竿仔细地搜遍桥附近一带的塘底也没发现尸首。警察们并不想结束搜索，他们继续用拨钩竿从塘底搅起一团团淤泥，水变浑浊了，伊赫利安德尔透不过气来，同时觉得鳃部的刺痛越来越厉害。他不由得发出一声呻吟，几个小水泡从他的嘴里冒出。怎么办呢？走出池塘吧！实在没有别的办法了。不管有什么危险，也一定得出去，也许还要挨一顿毒打，被押进监牢里，一切由它去吧！

伊赫利安德尔慢慢走到水浅的地方，把头探出水面。

"啊！"一个警察怪叫起来，从船舷跳进水里，为的是快些游到岸边。

"圣母玛利亚！噢——噢！"另一个尖叫一声，跌落船底。

留在岸上的两个警察喃喃地祷告起来，他们脸色苍白，吓得直哆嗦。

没有一个警察动弹一下，没有一个警察拦阻伊赫利安德尔，对鬼魂的恐惧使得他们无法执行任务。伊赫利安德尔很惊讶地看着那些警察，他感到莫名其妙，但既然没人抓，那就赶紧往前走吧。

有感而发

伊赫利安德尔是个水陆两栖人，警察们并不知道他的特异之处，所以感到恐惧。恐惧往往源于无知。

第二十五章

狡诈的谋杀

> 伊赫利安德尔终于到了"陶乐莱丝"庄园。这里有美丽善良的古绮爱莱，也有唯利是图的佐利达，还有一个可怕的老太婆……

"陶乐莱丝"庄园是用佐利达母亲的名字命名的，陶乐莱丝是个长着鹰钩鼻、突下巴、肥胖身体的矮老太婆，她的面容既古怪又丑陋，而且心狠手辣。

当佐利达带着年轻的妻子回来的时候，老太婆毫无礼貌地打量古绮爱莱。老太婆和儿子单独在一起的时候，她不以为然地讥讽说："你这个太太好啊！简直是太好了！"接着叹一口气，补充道，"你会因为这个漂亮的女人惹出麻烦的……一定会的。"

佐利达不愿意听他母亲唠叨，推说自己很累，就离开了母亲的房间。

云不知不觉遮住了天空，整个庄园沉浸在一片灰暗里。地平线上显现出一片淡蓝色的光，这是不远处巴拉那城灯火反射来的光。老太婆满腹心事，坐在庄园的长凳上。

　　突然，她看见低矮的围墙上探出一个人头，那人举起戴着镣铐的手小心翼翼地跳下来。

　　老太婆大吃一惊。苦役犯爬进庄园里来了！她想喊，但是喊不出声；她试图站起身跑，但是腿发软；她只好坐在长凳上，注视着陌生人。

　　那戴手铐的人小心翼翼地穿过矮树丛，走到屋子跟前，向窗户里窥探。忽然，老太婆听到了轻轻的呼唤声："古绮爱莱——"

　　哼！她这种美人，居然认识苦役犯，真怕这个美人会杀掉自己和儿子，抢劫了庄园，同戴手铐的家伙私奔呢！陶乐莱丝心里思量着，对儿媳的痛恨和一种幸灾乐祸的感觉突然控制了她。她全身充满了力量，霍地跳起来，跑去找她儿子。

　　"赶快！"她悄声对儿子说，"一名苦役犯爬进庄园里来了，他在呼唤古绮爱莱。"

　　佐利达十分匆忙地跑出去，像房子被火焰包围了一样着急。他顺手抓起一把铁铲子。

　　一个手戴镣铐、身穿满是褶皱的脏衣服的陌生人站在墙边，正朝着窗里张望。

　　"他妈的！"佐利达嘟囔了一声，扬起铲子，恶狠狠地打在陌生人头上。陌生人一声不吭地倒在地上。

"好了……" 佐利达轻声说。

"好了……" 陶乐莱丝用同样的语调紧跟着附和他，好像儿子踩死了一只蝎子似的。

佐利达用询问的眼神看着他母亲。

"把他扔到哪儿?"

"扔到池塘里，" 老太婆指示说，"池塘水深。"

"可是会浮上来的。"

"绑上一块石头，我马上……"

陶乐莱丝跑回屋里，匆匆忙忙地寻找一只麻袋来装 "尸首"。可是她在早晨已经把所有的麻袋装了小麦送到磨坊去了。于是，她拿来了一个大枕套和一条长长的细绳。

她对儿子说: "可以把石块装进枕套里，用绳子绑在手铐上……"

佐利达点点头，将 "尸首" 放在肩膀上，把它扛到庄园尽头的一个小池塘那儿。

"别弄脏自己。" 陶乐莱丝一边低声说，一边拿着枕套和细绳一瘸一拐地跟着儿子走。

"可以洗掉的。" 佐利达答道。他还是使 "尸首" 的头垂得低些，尽量让血淌到地上，不弄脏衣服。

到了池塘边，佐利达麻利地将枕套装满了石子，将它紧紧地绑到手铐上，然后抛入池塘里。

"哼! 她这种美人!" 老太婆跟在儿子后面嘀咕着。

他们让古绮爱莱住在一个顶楼的房间里，那里很安静。古绮爱莱却怎么都睡不着。她无法忘记和伊赫利安德尔在一起的美好时光，更无法忘掉他的 "死"。佐利达是个有钱人，跟他在一起也许能过上富裕的生活，但她真的不爱这个丈夫。

这个夜晚，古绮爱莱仿佛听见了伊赫利安德尔的声音，他在呼唤着她的名字。她还听到了一些奇怪的声音和低语声从庄园里传来。古绮爱莱心想，这一夜发生了什么呢?

太阳尚未升起，古绮爱莱走到庄园里，她穿着长衫，赤着脚在草地上走。突然，她停住了。在她窗口对面小径的沙土上有点点血迹，一把血迹斑斑的铲子随便扔在旁边。

古绮爱莱不由得循着血迹走，血迹引导她到了池塘边。

这个池塘里掩藏着什么罪恶呢？古绮爱莱一边思索，一边用眼睛紧紧盯着池塘，仿佛要看出什么惊天秘密。

这时，伊赫利安德尔正从碧绿的池水中瞧着她，他脑袋上有一道长长的伤口，脸上流露出又悲又喜的神情。古绮爱莱想跑开，但是她实在挪不开脚步，她无法不看着他。

伊赫利安德尔的脸缓缓地从水里升上来，那张脸已经露出水面，使静止的水波动起来。伊赫利安德尔向古绮爱莱伸出戴着镣铐的手，带着凄惨的笑容，第一次用"亲爱的"称呼她："古绮爱莱！我亲爱的！古绮爱莱，我终于……"但没等他把话说完，古绮爱莱抱着头惊慌喊叫："你走开吧！消失吧！可怜的幽魂，我分明知道你是死了的。你来找我干什么呢？"

"不，不，古绮爱莱，我没有死，"伊赫利安德尔连忙回答，"我并没被淹死。请原谅我……过去我对你隐瞒了……我不知道我为什么这样做……别走，听完我的话。我是活人，你可以摸摸我的手……"

他向古绮爱莱伸出一双戴镣铐的手，古绮爱莱继续瞧着他。

"别怕，我确实是活人。我能够在水中生活。我跟所有的人不一样，那时候，我跳进海里并没被淹死。我跳进海，是因为我在空气中呼吸很困难。"

伊赫利安德尔摇晃了一下说："古绮爱莱，我在找你呢！昨天晚上我走到你的窗口跟前的时候，你丈夫打我的头，把我扔进池塘里。我在水中苏醒过来，弄掉了装着石块的袋子，可是这个，"伊赫利安德尔指指手铐，"我没法弄掉……"

古绮爱莱开始相信，在她面前的不是鬼魂，而是有血有肉的活人。

"可是您的手干吗戴上手铐？"她问。

"以后我再跟你谈这桩事……跟我走吧，古绮爱莱。我们可以躲在我父亲家里，那儿没人会找到我们的……我跟你一起生活……喏，握着我的手吧，古绮爱莱……奥列仙说，人家管我叫'海魔'。但是，我明明是人。你究竟为什么怕我呢？"

伊赫利安德尔走出池塘，浑身泥污。古绮爱莱弯身向他俯过去，接着，终于拉住他的手说："我可怜的孩子！"

"多么愉快的会面呀！"突然传来了带着嘲笑意味的声音。

他们回头一看，只见佐利达站在不远的地方。

昨晚做了一件那么大的事，佐利达当然不可能睡着了。古绮爱莱的惊叫声把他引到了花园里，他在暗处偷偷听到了这对男女的谈话。当佐利达知道费尽心机那么久还没有到手的"海魔"就在他面前时，他心花怒放，决定立刻带伊赫利安德尔上"水母号"。但又一想，这样古绮爱莱肯定会不高兴。他决定使点小诡计。

"伊赫利安德尔，您不能带古绮爱莱到萨里瓦托尔医生那儿去，因为古绮爱莱是我的老婆。您自己也未必能回到您父亲那儿，警察在等着您呢。"

"但是我一点罪过也没有！"伊赫利安德尔嚷道。

"既然您已经落到我手里，我的责任就是把您转交给警察。"

古绮爱莱走到丈夫跟前，拉着他的手，温柔地对他说："放走他吧！我请求您，我对您没有犯过一点罪过……"

陶乐莱丝也闻声赶来，她摇着头大声叫道："别听她的，佐利达！"

"在女人的央求面前，我是无能为力的，"佐利达献殷勤说，"我答应你的请求，亲爱的。"

"刚刚成亲，就对老婆唯命是从了！"老太婆说。

"小伙子，我替您锯开手铐，给您换上更体面的衣服，把您送上'水母号'。在拉普拉塔河，您可以从船上跳下，游到您所喜欢的地方去。不过，我释放您有一个条件——您必须忘掉古绮爱莱。"

"太感谢了！没想到您这么善良。"古绮爱莱很感激佐利达。

有感而发

　　凶恶的佐利达母子谋害伊赫利安德尔，但伊赫利安德尔大命不死。善有善报，恶有恶报，善良的人会受到护佑。

第二十六章

惊人的秘密

从克里斯多那里，巴里达札尔得知了一个惊人的秘密："海魔"并不是萨里瓦托尔的儿子……

克里斯多又来到了巴里达札尔的铺子里，他有个伟大的计划必须告诉他："萨里瓦托尔明天就要回来了。兄弟，你留神听着，千万别打断我的话，免得我忘记要讲的事情。"

克里斯多沉默了一会儿，压抑住心中的激动，梳理了一下思路，然后继续说下去："我和你替佐利达出过许多力，而他对我们那么小气。他比你和我都有钱，却还要捕捉'海魔'……"

巴里达札尔动了一动，正张嘴要说什么，克里斯多阻止了他："别说话，兄弟，别说话。你知道'海魔'是什么吗？他是宝藏，是取之不尽、用之不竭的财富。'海魔'不仅能够在海底采集珍珠，还能捞起海底的任何宝贝。海底有许多沉没了的船舶装着不可计量的宝物，他可以替咱们取出来。我说的是替咱们，不是替佐利达。兄弟，你知道伊赫利安德尔爱古绮爱莱吗？"

巴里达札尔想讲些什么，但克里斯多还是不让他开口。

"别说话，听着。伊赫利安德尔爱古绮爱莱，我知道了这件事以后，我让他放心去追求，他比佐利达是个更好的丈夫、更好的女婿。古绮爱莱也爱伊赫利安德尔，我想办法让他们会面。"

巴里达札尔叹了口气，但没有打断克里斯多的话。

"这还不是最重要的事呢，兄弟。我要告诉你一个天大的秘密，伊赫利安德尔其实是你的儿子。你一定还记得许多年前的一件事吧？你妻子从娘家回来，我去接她。在路上，她因分娩死去，孩子也死了，这是当时我告诉你的情况。其实，真实的情况并非如此，现在我讲出来：你妻子在路上死了，但是孩子还有一丝气息，我抱着他继续赶路，走到一个印第安村庄那里。一个老太太告诉我，不远处住着一个伟大的奇迹创造者——'天神'萨里瓦托尔。"

巴里达札尔惊讶地睁大了眼睛，急切地盼着克里斯多继续说下去。

"她劝我把孩子带到萨里瓦托尔那儿，让他把孩子从死神手里救出来。我听从这善意的劝告，把孩子带到萨里瓦托尔那儿。'请救救他吧，'我说。萨里瓦托尔接过孩子，摇摇头说：'很难救了，'便抱走了。我一直等到黄昏时分，一个黑人走出来说：'孩子死了。'于是我离开了……"

"就这样，"克里斯多继续说，"萨里瓦托尔通过黑人说孩子死了，其实这并不是真相。在孩子刚生下来的时候，我看见他脖子上有个胎记，胎记的颜色是紫色的，形状非常奇怪，我记得清清楚楚。"

停了一下，克里斯多继续说："不久以前，有人砍伤了伊赫利安德尔的脖子，我替他包扎的时候，揭开他鳞片衣服的领口，看见一个奇怪的紫色胎记，它和当初我在你儿子脖子上看到的一模一样。"

巴里达札尔睁大眼睛注视着克里斯多，激动地问道："你以为伊赫利安德尔是我儿子？"

"对，我这样想。我认为萨里瓦托尔欺骗了我，你儿子并没有死，萨里瓦托尔把他改造成了'海魔'。"

"上帝啊！"巴里达扎尔惊叫起来，"他竟然这么大胆！我要亲手杀死萨里瓦托尔！"

"别讲话！萨里瓦托尔力量比你强。再说，我也有可能会搞错，那样的胎记可能别人也会有。伊赫利安德尔也许是你儿子，也许不是。但是你到萨里瓦托尔那儿去对他说，伊赫利安德尔是你儿子，我做你的证人，你要求他把儿子还给你。如果他不照办，你就说到法院告发他残害儿童。他害怕这一招。如果这一手还不见效，你就真的去法院。如果在法院里咱们不能够证明伊赫利安德尔是你儿子，那么就让他和古绮爱莱结婚，因为古绮爱莱是你的养女。到时候，你就说离不开这个唯一的女儿，让伊赫利安德尔也一起搬来同住……"

这时候，巴里达扎尔从椅子上霍地站起来，他在铺子里来回踱着步，碰到螃蟹和贝壳也不在意。

"我的女儿呀，我的女儿呀。哎，怎么这么倒霉啊！"

"为什么倒霉？"克里斯多觉得奇怪。

"我没打断你的话，留神听你的，现在你要用心听完我的话

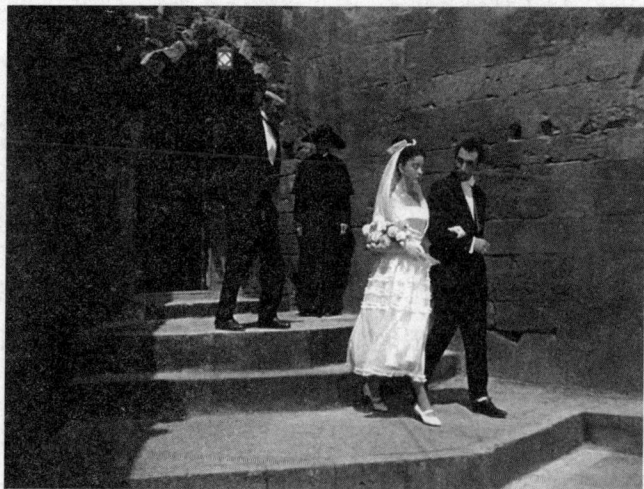

了。古绮爱莱已经嫁给了佐利达，当时你正发疟疾，我就没告诉你。"

这个新闻让克里斯多大吃一惊。

"可是，伊赫利安德尔……我可怜的儿子，"马里达札尔低下头说，"伊赫利安德尔在佐利达手里啦！"

"绝对不会！"克里斯多反驳道。

"是的，是的。伊赫利安德尔在'水母号'上。今天早晨佐利达到我这儿来，他嘲笑咱们，挖苦咱们，还说咱们欺骗了他，他说自己不费吹灰之力就捉住了'海魔'。"

巴里达札尔感到很绝望。克里斯多却不以为然地瞧着他说："现在不是流泪的时候。应该知道，明天清晨，萨里瓦托尔就要到了。拿出大丈夫的气概来吧！日出的时候你在防波堤上等候我，我们必须搭救伊赫利安德尔。佐利达到哪里去了？"

"佐利达早就打算到巴拿马海岸采珍珠，应该是去往那个方向了。"

克里斯多点点头。

"记住，明天早晨日出以前你就要到海边，在那里等着我。即使等到晚上，你也要坐着，别走开。"

说完后，克里斯多匆忙回家。他通宵盘算着见了萨里瓦托尔该怎么说，他必须想办法证实自己没有过错。

黎明时，萨里瓦托尔回来了。克里斯多向医生问好之后，脸上带着悲伤的、忠心耿耿的表情说："咱们家出了很不幸的大事……我好多次警告过伊赫利安德尔，叫他别在海湾里游泳……"

"他到底怎么了？"萨里瓦托尔不耐烦地问。

"他被人家偷走，带到帆船上去啦……"

萨里瓦托尔使劲捏着克里斯多的肩膀，凝神盯着他的眼睛，这样足足持续了几分钟。然后，他把一个黑人叫来，操着克里斯多听不懂的语言对黑人说了几句，随后向克里斯多命令式地叫道："跟我来！"

　　萨里瓦托尔顾不得休息，也不换掉路上的衣服便出了房子，疾步走入花园，克里斯多勉强跟上他。到了第三堵墙边，两个黑人赶上了他们。

　　"跟我来。"萨里瓦托尔一面命令，一面走下地底扶梯。克里斯多和两个黑人在一团漆黑中跟着萨里瓦托尔走。萨里瓦托尔一步跳好几级，因为他十分熟悉这地底迷宫。

　　到了下面的梯台，萨里瓦托尔在黑暗中摸索，打开右边墙上的门，沿着黑洞洞的走廊走去。萨里瓦托尔虽然没有点起灯火，却走得更快了。

　　走廊走完了，走在前头的萨里瓦托尔停住脚步，扭亮灯光，克里斯多看见自己在一个水很深的大山洞里。水面上，就在他们站立着的石头地面旁边，克里斯多看见一只小潜水艇。萨里瓦托尔带领三人跨进潜水艇，然后扭亮了舱里的灯，一个黑人"砰"的关上舱门，另一个已经开动了马达。克里斯多觉得潜水艇震动了一下，缓缓掉转头，沉下去，同样缓慢地前进起来。过了不到两分钟，他们浮出水面。萨里瓦托尔和克里斯多走上船长台，潜艇已经飞快地前进了。

　　"诱拐伊赫利安德尔的人往哪儿去了？"

　　"沿着岸边向北方去了，"克里斯多答道，"我冒昧地向您建议带我的兄弟去。我已经通知了他，他在岸上等着呢。"

　　"为什么？"

　　"伊赫利安德尔被采珍珠的佐利达偷拐去了。"

　　"你从哪儿知道的？"萨里瓦托尔怀疑地问。

　　"我向兄弟描述在海湾里捉去伊赫利安德尔的帆船，我兄弟认定那是佐利达的'水母号'。佐利达偷走伊赫利安德尔大概是为了采珍珠。而我兄弟巴里达札尔非常熟悉采珍珠的地方，他对咱们会有用处的。"

　　萨里瓦托尔考虑了一下说："好！咱们带你兄弟一起去。"

　　这时，巴里达札尔正在防波堤上等候哥哥。潜艇掉头向岸边驶去。巴里达札尔在岸上皱起眉头，望着使他儿子成为畸形人的萨里瓦托尔，他还是彬彬有礼地向他一鞠躬，就迅速上了潜艇。

"全速前进!"萨里瓦托尔下令。

萨里瓦托尔站在船长台上，凝神注视着平静的海面，他想，无论如何都要救回他可怜的孩子。

有感而发

　　伊赫利安德尔成为了争夺的焦点。有人得到他是为了发财，萨里瓦托尔却是真正关心他的安危，因为他们在共同生活中产生了亲情。亲情最真诚，而且是永恒不灭的。

第二十七章
带锁链的采珠奴

> 　　佐利达把伊赫利安德尔带上了"水母号"，给他拴上很粗的铁链子，把他推进海里……

　　佐利达锯开伊赫利安德尔的手铐，给他一套新衣服，准许他携带埋在沙里的脚套、手套和眼镜。伊赫利安德尔上了"水母号"，他以为自己很快就能获得自由了，没想到几个水手遵照佐利达的命令把他抓起来关进货舱。在布宜诺斯艾利斯岸边，佐利达做了短暂的停留，准备了一些路上吃的食物。他打算绕过南美洲东岸，在加勒比海开始寻找珍珠。

　　他把古绮爱莱安置在船长室内，向她发誓说，他已在拉普拉塔河海湾释放了伊赫利安德尔。但这谎言很快就被戳穿了，因为晚上古绮爱莱听见从货舱里传来了伊赫利安德尔的喊叫声和呻吟声。

　　听见了伊赫利安德尔叫喊以后，佐利达非常恼火，他过去狠狠地咒骂他："你这个讨厌的坏东西，喊什么？"

　　"我……我要憋死了。没有水，我活不了。这儿十分闷，放我到海里去吧。要不，我不能活过今夜了。"

佐利达"砰"的关上货舱门，走上甲板。

"可千万不能真的憋死他。"佐利达担心地思量着，伊赫利安德尔死了，可就一点用处都没有了。

佐利达命令水手们把一个大木桶抬进货舱，打来很多水。

"这是你的浴盆，"佐利达对伊赫利安德尔说，"游吧！明天早晨我放你到海里去。"

伊赫利安德尔连忙钻进大桶。站在门口的印第安水手们莫名其妙地瞧着他洗澡，他们还不知道，"水母号"上的囚徒就是"海魔"。

这时候，海上吹着强劲的东南风，把小帆船往北方送去，越送越远。

佐利达久久地站立在船长台上，将近早晨时才回到舱房，他料定妻子早已睡觉了。

其实，古绮爱莱彻夜未眠，她脸色苍白，神情忧郁，脸上挂满泪水。

"你欺骗了我！"古绮爱莱声音嘶哑。

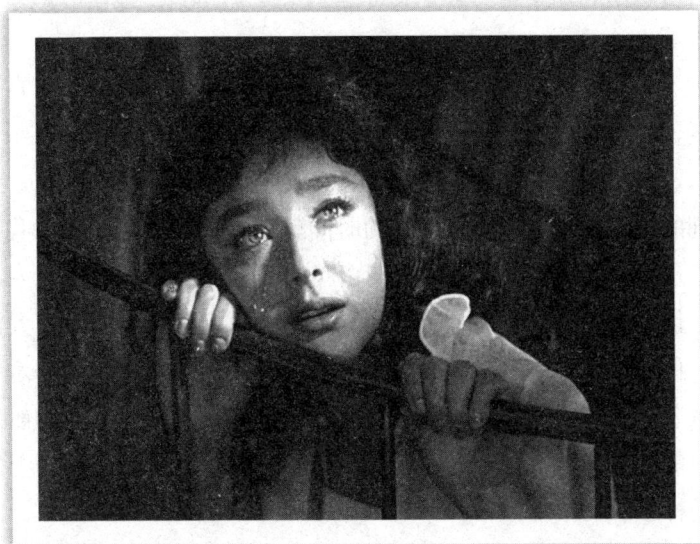

"为了能离你近一点，伊赫利安德尔自己宁愿留在'水母号'上。"

"你撒谎！你是个卑鄙龌龊的小人，我恨透了你！"古绮爱莱越说越激动，猛地拔出挂在墙上的大刀，对着佐利达就砍下去。

佐利达惊叫了一声，急忙抓住古绮爱莱的手，使她丢下了刀。接着，他走出舱房，气冲冲地把门锁上，登上甲板。

太阳已经升起来了，佐利达两手抄在背后，向水手们大声下命令收帆。"水母号"在波涛上摇摇晃晃地停止了前进。

"把链条拿给我，再把货舱里的那个人带到这儿来。"佐利达吩咐道。

伊赫利安德尔由两个印第安水手押送过来。他的样子疲惫不堪，他向四周环顾一番，猛地往前一冲，奔到船舷上，弯着身子就要跳下去。但在这一刹那，佐利达沉甸甸的拳头落到他头上，伊赫利安德尔失去知觉，昏倒在甲板上。

"想和我作对，没你的好果子吃。"佐利达教训他说。

随着一阵铁的铿锵声，水手把一条长长的锁链交给佐利达，链条末端有个铁箍。佐利达把这个铁箍套在不省人事的伊赫利安德尔的腰间，在腰带上加锁，然后对水手们说："现在向他头上浇水。"

不久，伊赫利安德尔恢复了知觉，莫名其妙地瞧着锁着自己的链子。

"你逃不掉的。我放你到海里去，你要替我寻找珍珠贝。你找到的珍珠越多，你留在海里的时间就越长久。如果你不替我采到珍珠贝，我把你关进货舱。明白吗？同意吗？"

伊赫利安德尔似懂非懂，点了点头。为了能尽快回到大海中，他情愿替佐利达拿到海洋里所有的宝物。佐利达和几个水手把系着链子的伊赫利安德尔推到帆船船舷旁，古绮爱莱住的舱房在帆船的另一边，佐利达不愿意让她看见伊赫利安德尔被锁上铁链的样子。

佐利达把伊赫利安德尔推进大海。他带着链条沉下去，要是能扯断这链条就好了，但它非常结实。伊赫利安德尔只好逆来顺受，他开始采集珍珠贝，把它们放进一只挂在腰间的大袋子里。

水手们站在船舷惊讶地瞧着这从未见过的情况。一分钟一分钟过去了，最初还有些气泡浮上水面，不久气泡也没有了。

"也许这就是'海魔'？"一个水手轻声说。

伊赫利安德尔扯动链条，通知别人把他吊上来，他的袋子里装满了贝壳，要继续采集，必须把袋子倒空。水手们连忙把这位非凡的采珠手吊上甲板。

平时采珍珠的时候，通常是把珍珠贝留几天，让这些软体动物烂透，再取珍珠就比较容易，但现在水手们和佐利达本人都急不可耐，于是大家立刻动手用刀剖开贝壳。

除了这一次采集到的珍珠数量出乎大家意想之外，珍珠的大小更令人惊异：这些珍珠中约莫有 20 颗重量大、形状完美、色泽均匀的。伊赫利安德尔第一次采珍珠就给佐利达带来了大笔财富。

佐利达连忙把珍珠倒进自己的草帽里，激动地说："伊赫利安德尔，你真是个优秀的采珠手。我有一个空舱房，我把你安顿在那儿，你在那边不会觉得闷热。我要替你定制一个特别大的水箱——当然，还是要把你锁在链条上的。但是有什么办法呢？不然的话，你会一去不回头了。"

伊赫利安德尔高声说道："我会心甘情愿地拿珍珠来。我老早就采集了一大堆，"伊赫利安德尔用手比画着说，"均匀、光滑，颗颗一样，每颗都有蚕豆大小……我全部送给您，只要您释放了我。"

佐利达激动地透不过气来。

"你在撒谎吧。"佐利达反驳道，他竭力装出沉着镇定的样子。

"我从来没有对任何人撒过谎。"伊赫利安德尔恼火了。

"你的宝藏在哪儿？"佐利达问，他已经不掩饰自己的兴奋了。"在一个水底洞里。除了李定以外，没有人知道这洞在什么地方。"

"李定！他是谁?"

"我的海豚。"

哦，是这样！佐利达心里想，如果真是这样，自己将有不可胜数的财富。就算石油大王洛克菲勒跟自己比起来，也算是个穷小子了。能不能真的释放他呢?

佐利达是个讲求实际的人，他开始考虑怎样才能够更妥善地攫取伊赫利安德尔的这个宝藏。

"我可以释放你，"佐利达说，"不过你得在我这儿留一些时候。我会使你舒服，把你装在这个笼子里从船边吊下水去，我们有时也会把你吊上来。总之，你会满意的。"

伊赫利安德尔又被领进货舱里，水箱还没准备好，他只能又进了大木桶里。

佐利达不无兴奋地推开船长室的房门，站在门口，给古绮爱莱看装满珍珠的草帽。

"我曾说过要让你过上好日子，"他微笑着开口说，"妻子喜爱珍珠，为了取到许多珍珠，必须有优秀的采珠手。这就是我要把伊赫利安德尔擒住做俘虏的原因。你瞧，这是一个早晨采到的珍珠。"

"你将成为阿根廷最有钱的女人。"古绮爱莱向珍珠瞥了一眼，她好不容易才压下了情不自禁的惊讶。佐利达又说："为了以后的生活更幸福，收下我这些珍珠的一半吧。"

"不！这些用犯罪手段得来的珍珠我一颗也不要！"古绮爱莱厉声回答。

佐利达又尴尬又恼怒，他没预料到古绮爱莱竟然面对珍珠毫不动心。

"你不是一直要我释放伊赫利安德尔吗? 他的命运就在你的手里。你命令伊赫利安德尔，要他把藏在水底某个地方的珍珠拿到'水母号'来，那我就放走他。"

"你说的话我一个字也不相信！你得到了那些珍珠，又会用铁链把伊赫利安德尔锁住让他不停地采珍珠，你别想把我牵连进你的罪恶勾当里。"

看来和妻子没什么可谈的。于是，佐利达走了出去，在自己的舱房里将珍珠倒入袋子，小心地放进大箱子。他想到源源不断涌来的财富，禁不住心花怒放。

佐利达一向是个机警谨慎的人，但是他被美梦冲昏了头脑，竟没有发觉水手们三五成群地聚集着，正小声在商谈什么。

有感而发

伊赫利安德尔被佐利达控制，成为一个采珍珠的奴隶。自私和贪婪相结合，会孵出许多损害别人的毒蛇。贪婪的欲望会使人堕落，最终只能害了自己。

第二十八章
意外袭击

　　"水母号"上的水手想杀死佐利达，控制"海魔"为他们采珍珠。水手们正要向佐利达开枪，一只潜艇驶过来……

　　佐利达在船舷上散步，沉浸在他的发财梦里，舵手发出了一个暗号，几个水手同时向佐利达猛扑过来。两个水手在后面紧紧抓住佐利达的背，佐利达努力挣脱出来，在船舷边脸朝天跌倒了。这次袭击太意外了，他根本来不及把手枪从枪套里拔出来。

　　佐利达翻过身退到前桅下，突然猿猴般敏捷地爬上桅索。一个水手抓住了他的腿，但佐利达用另一只脚向他头部猛踢，水手向甲板跌下去。佐利达爬上桅盘，坐在那里破口大骂。他在桅盘上感觉到比较安全。他掏出手枪，大声叫喊道："谁敢爬上来，我就打碎他的脑袋！"

　　水手们在下面闹哄哄地商量着下一步怎样行动。

　　"船长室里有枪！"舵手竭力压过别人的声音大声嚷道，"我们把门撬开，拿枪去！"

好几个水手向舱口奔去。

佐利达心里想，完了！他们要拿枪对付他了。

佐利达无助地望着海面，仿佛要寻求意外的救助。他连自己也不相信，竟然真的看见了一艘潜水艇以惊人的速度乘风破浪，朝"水母号"驶来。

只要它不潜入水就好了。佐利达心里想。

"救命呀！快呀！他们要杀死人啦！"佐利达大喊。

潜水艇不减航速，径直朝"水母号"驶来。

水手们已经拿到了枪，他们走上甲板，正要向佐利达开枪。这时候，他们也看到了迅速驶来的潜艇。这是一艘武装潜艇，很可能是军用潜艇。有了不请自来的证人，水手们当然不敢对佐利达下手了。

佐利达扬扬得意起来，但他得意的时间并不长久，他看清了巴里达札尔和克里斯多站在潜艇的船长台上，他们旁边是一个鹞眼、鹰钩鼻的高个子。高个子从潜艇甲板上高声叫道："佐利达！你应当立刻把你诱拐的伊赫利安德尔交出来！我给你 5 分钟时间，否则把你的帆船撞沉到海底。"佐利达不知道这个喊话的人就是萨里瓦托尔。

叛徒！佐利达恨恨地望着克里斯多和巴里达札尔，心里想。不过，失掉伊赫利安德尔比失掉自己的脑袋好些。

"我马上带他来。"佐利达一面说着，一面顺着桅索爬下来。

水手们明白该逃命了，他们赶快放下划子，跳进水里。

佐利达从舷梯跑到自己的舱房，匆忙取出装珍珠的袋子，把它塞进贴身的衬衫内，打开了古绮爱莱的房门，把她抱起带她上甲板。

"伊赫利安德尔身体不大舒服，你在划子上可以看见他。"佐利达说着，让她坐在一只划子里，他把划子吊下水，自己随后跳进去。

潜水艇不能追逐划子，因为划子进了水很浅的地方。古绮爱莱已经看见了巴里达札尔在潜艇甲板上。

"爸爸，救救伊赫利安德尔呀，他在……"她还没有把话说完，佐利达就用头巾塞住了她的嘴。

"放开这个女人！"萨里瓦托尔大喊道。

佐利达并不理睬，继续划桨。

萨里瓦托尔拿出手枪，发射了一枪，子弹打在划子边上。

佐利达抱起古绮爱莱，用她挡住自己："打啊，继续开枪吧！"

巴里达札尔从潜艇的船长台跳入海中，企图游过去追赶划子。但是佐利达已经近岸，他加紧摇桨，不久，波浪就把划子抛上海滩。佐利达一把抱住古绮爱莱，隐匿在海滨的乱石堆里。

眼见追赶不上佐利达，巴里达札尔向帆船游去，开始到处寻觅伊赫利安德尔。巴里达札尔搜遍全船，连货舱也搜过了，帆船上没有留下一个人。

克里斯多向海面张望，看见一支桅杆梢突出水面。大概不久以前此地沉了一艘船，伊赫利安德尔会不会在这艘沉没了的船上呢？

巴里达札尔拾起甲板上一条末端带着铁箍的锁链。他想，看样子，佐利达把伊赫利安德尔锁在链条上放下海去了，没有锁链，伊赫利安德尔会游走的。不，他不可能在沉没的船里。

有感而发

　　水手们和佐利达为了性命各自逃散了。"没有永恒的朋友，也没有永恒的敌人，只有永恒的利益"，这是某些人的处世原则。其实，比利益更宝贵的是人与人之间的感情。

第二十九章

潜入沉船

佐利达为伊赫利安德尔打开锁链，让他潜入沉船，这里有白种人、黄种人、黑种人的尸骸，还有……

萨里瓦托尔一行意外地解救了佐利达，他们并不知道"水母号"上发生的事：水手们通宵合计，一有适当机会，就袭击佐利达，杀死他，占有伊赫利安德尔和帆船。

那天早晨，佐利达站在船长台上观察着海面上的一个斑点，从望远镜里，他认出这是沉没船舶自带的无线电桅杆。

没过多久，一个救生圈漂过来，把救生圈捞起，上面印有"马法利陀"字样。"马法利陀号"沉没了？佐利达又惊又喜，这艘美国的大邮船上面一定有不少金银珠宝。

"放伊赫利安德尔到这条沉没的船里就能取出很多财宝，不过锁链不够长啊……如果不用锁链放他下海，他会不会回来呢……"

贪欲与害怕失掉伊赫利安德尔的想法在他心里交织着，"水母号"慢慢驶近突出水面的桅杆。

水手们聚集在甲板上，风停了。"水母号"停了下来。

佐利达沉思着，"马法利陀号"沉没的时候显然来不及用无线电向外界通知自己遇难。海底的珍珠和埋葬在"马法利陀号"里的宝物都应该取出来。

佐利达拿定主意，他命令抛锚。接着，他到舱房里写了一张便条，走进伊赫利安德尔的房间。

"你识字吗？古绮爱莱有便条给你。"

伊赫利安德尔连忙接过便条，念道："伊赫利安德尔：执行我的请求吧！'水母号'旁边有一艘沉没了的轮船。下海去，把你从这艘船上找到的一切贵重物品都拿上来。佐利达放你下去不要你带锁链，但是你必须回到'水母号'上来。替我办了这件事，伊赫利安德尔，你就会很快得到自由。古绮爱莱。"

伊赫利安德尔从没收到过古绮爱莱的信，所以不认得她的笔迹。他接到这封信后，十分高兴，但随后又怀疑起来。

"为什么古绮爱莱不亲自来告诉我呢？"

"她身体不大舒服，等一会儿你就会看见她的。"

"古绮爱莱要这些金银珠宝做什么？"

"如果你是一个真正的人，你就不会提出这样傻的问题。哪一个女人不想穿漂亮衣服，佩戴贵重的首饰呀？沉船里有许多钱。此外，乘客们身上会有金器……"

"你是不是还想让我去搜索死尸呢？我根本不相信你。古绮爱莱不是贪婪的人，她不会让我去做这种事……"

"该死！"佐利达怒冲冲地高声喊道，但他马上控制住了自己，和善地笑起来说："我知道是骗不了你的，只好向你坦白。听着，是我想要'马法利陀号'船上的财宝，这一点你相信吗？"

伊赫利安德尔不禁微微一笑，他相信这是实话。

"那好极了！瞧，你已经开始相信我了。那么只要你把沉船上的财宝拿来给我，我就马上放你到海洋里去。不过糟糕的是，我怕如果不带锁链放你下水，你潜下去，就再也不回来了……"

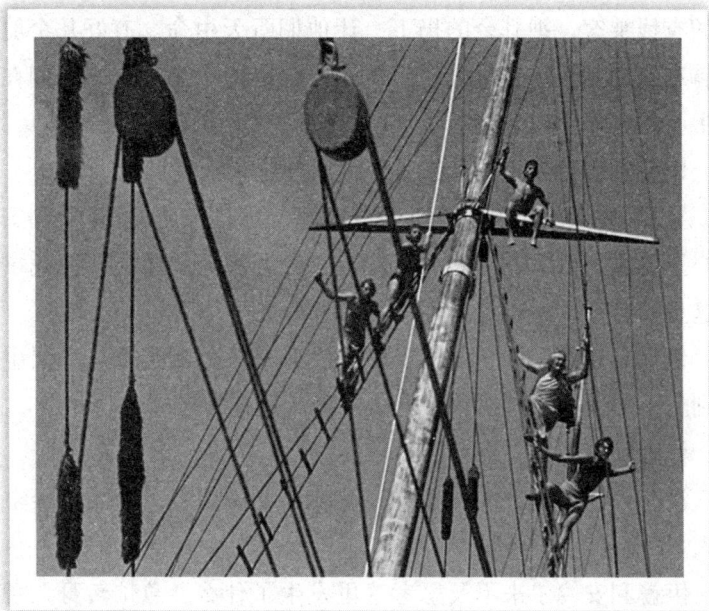

"既然我答应回来，我会履行诺言的。"

佐利达如释重负地松了一口气说："我们快些吧！"

于是，佐利达替他解下锁链，伊赫利安德尔登上甲板，仰身跌入海里。

水手们看见伊赫利安德尔不带锁链跳入海里，立刻明白他要去取"马法利陀号"上沉没的财宝，莫非佐利达要独占"马法利陀号"的所有财物？事不宜迟，于是他们决定马上袭击佐利达。

当水手们合力对付佐利达的时候，伊赫利安德尔已经开始侦察沉船。他穿过了上甲板的大舱口，顺着船梯游下去，到了一条宽阔的走廊门口。走廊里差不多是黑漆漆的，只有微弱的光线透过打开的门射进来。他游进一扇打开的门，在豪华的枝形吊灯架上坐下，环视四周，看到一幅可怕的景象：酒瓶、罐头和各种盒子乱扔在货架上和柜台附近的地板上，酒瓶的塞子被水的压力压进瓶内，洋铁罐给压得起了褶皱。

伊赫利安德尔逐个钻进每个舱房里。到三等舱甲板时，看到了一幅令人毛骨悚然的景象：这些舱房里有男、有女，有孩子，有白种人、黄种人、黑种人的尸骸。显然是船员首先抢救了头等舱的有钱乘客，把其余的扔下，让他们听天由命。有好几个舱房伊赫利安德尔无法钻进去，门口密密麻麻地塞满尸首，人们在惊恐中互相挤压，以致切断了自己的最后一条生路。

伊赫利安德尔害怕起来，连忙离开这个水底坟墓。

"古绮爱莱知道她丈夫让我来到这样的地方吗?"伊赫利安德尔心里思量，"我要浮上水面，亲口告诉古绮爱莱，即使我拿到了这里的首饰，她也绝对不能戴。"

伊赫利安德尔像鱼一样，沿着没有尽头似的走廊从一层甲板滑到另一层甲板，然后很快升上水面，迅速游近"水母号"。

他呼唤道:"古绮爱莱!"

没有人回答他，"水母号"在波涛上摇荡着，上面已经空无一人。

伊赫利安德尔来不及思考这里发生了什么，急忙转身，潜水游走。当他远离岸边的时候，他升上水面，回头看看，他瞧见一块白色的东西在岸上闪现。远处有一艘不大的船，那船被泡沫围绕着，尖锐的船头翻起海水，往南方驶去。

伊赫利安德尔迅速向大海深处游去。

有感而发 ·

　　伊赫利安德尔潜入沉船为佐利达捞取财宝，里面的景象令人毛骨悚然。在灾难面前要保持冷静，过分的惊恐和拥挤是不利于逃生的。

第三十章

父亲和讼棍

拉尔拉是个著名的讼棍，他专门喜欢替那些不清白的人打官司，而且只要有钱，什么昧良心的事都干，巴里达札尔找到了他……

巴里达札尔下了萨里瓦托尔的潜水艇回了家，他心情非常郁闷，不仅伊赫利安德尔没找着，古绮爱莱也不知道被佐利达带到哪里去了。

"你好，兄弟！"克里斯多说着走进来，"新闻！一件重要的新闻！伊赫利安德尔找到了。"

"他究竟在哪儿呀？在萨里瓦托尔家吗？"

"是的，在萨里瓦托尔家。"

"我要到他那里，要求他把我的儿子归还我……"

"你至少要等到明天。我好不容易才向萨里瓦托尔请了假，他已经非常怀疑我。我请求你，等到明天吧。"

"好吧，我明天就去萨里瓦托尔家。"

巴里达札尔通宵坐在海湾的悬崖上，留神细看汹涌的波涛。

已经破晓了，黑沉沉的海洋变成灰色，海面仍然空荡荡的。

巴里达札尔忽然怔住了，敏锐的眼睛看见有个黑色的东西随波涛起伏，是人！那人把手搁在脑后，安详地仰面躺着，莫非是他？

巴里达札尔没弄错，真的是伊赫利安德尔。他站起来，双手贴在胸前，大声喊道："伊赫利安德尔！我的儿子！"接着，他跳入海里。

他从高岩落下去，深深地扎进水里，当他浮上来时，海面上一个人也没有。

他朝海浪望了一眼，深深地叹口气："难道是我的幻觉吗？"他回到海边呆坐了很久，太阳越来越高，风和阳光把巴里达札尔的衣服弄干了。

他走到保护萨里瓦托尔领地的高墙下，用力敲打铁门。

"找医生，我有要紧的事。"

"医生谁也不见。"黑人回答，接着把小窗关上了。

巴里达札尔继续敲门，叫嚷，但没有人给他开门。

"你等着瞧吧，该死的西班牙人！"巴里达札尔低声咒骂着，动身往城里去。

离法院不远的地方有一家酒店，这是一座低矮古老的白色建筑物，四边围着厚石墙。这小酒店就像法院的一个分院，每逢开庭时，民事原告、被告、证人以及尚未被拘押的刑事被告常常会聚集到这儿来。

巴里达札尔急步走过凉台，擦掉额上的汗，然后问："拉尔拉来了吗？"

那个大名叫作佛洛莱士·拉尔拉的人从前是法院的小职员，因为受贿被革职后自己当起了律师。现在顾客很多，凡有不清白事情的人都乐意向这位大讼棍求教。

拉尔拉正坐在一张靠着窗户的小桌子旁边，人很胖，红面颊，酒糟鼻，神情傲慢。他见了巴里达札尔，用手指指自己对面的藤椅，说："请坐。你告的是什么状呀？要不要喝酒？"

巴里达札尔仿佛没听到似的，连声说："一件大事情，重要的事情！拉尔拉，你知道'海魔'吗？"

"我没有直接认识他的荣幸，但久已闻其大名。"

"大家叫'海魔'的那个人，是我儿子伊赫利安德尔。"

"这不可能！"拉尔拉嚷道，"你喝酒太多了吧。"

于是，巴里达札尔把事情的经过全部讲给拉尔拉听。拉尔拉一声不响，静静听着这个印第安人的传奇故事，他那花白的眉毛越竖越高。最后，他忍不住了，暂时忘掉了自己那自尊自大的架子，用肥厚的手掌往桌上猛拍一下，叫道："真是千古奇闻！"

"你怀疑吗？"巴里达札尔愤怒得甚至涨红了脸。

"喂，别生气，老头儿。我不过是以法律家的身份说话。从证据分量这方面看，这些证据不够确凿。不过，这件事情总是有办法的，而且可以榨取一大笔钱。"

"我需要的是儿子，不是金钱。"巴里达札尔反驳道。

"金钱大家都需要，尤其是像你这样家里要增加人口的人。"

"我要得到我儿子。你必须在状子上写上这一点。"

"绝对不行！无论如何也不行！"拉尔拉差不多是惊恐地反

对，"从这点开始会把整个事情弄僵的。这一点只应当拿来做结尾。"

"你究竟有什么主意呀？"巴里达札尔问。

"首先，"拉尔拉弯起一个肥大的指头说，"咱们用最温和的措辞写一封信给萨里瓦托尔，通知他说，咱们知道他一切的非法手术和试验。如果他不想让咱们把这些事情宣扬出去的话，那么他必须付给咱们一笔数目相当大的钱。10万！对，最少要10万。"

拉尔拉询问似的朝巴里达札尔看一眼。

"其次，"拉尔拉接下去说，"收到指定的钱数之后，我们用更加温和的措辞给萨里瓦托尔教授写第二封信。我们通知他说，伊赫利安德尔的真正父亲已经找到了，我们手上有无可争辩的证据。父亲希望得到儿子，即使要进行法律诉讼，也非要达到目的不可。他要想把孩子留在自己身边，应当在指定的地点、时间交出100万。"

拉尔拉的话激怒了巴里达札尔，他一把抓起酒瓶，想猛力掷到律师的头上。

"别生气，不要这样，我开玩笑罢了。放下酒瓶吧！"

"你呀！……你！"怒不可遏的巴里达札尔嚷道，"你建议我出卖亲生儿子，难道你没有心肝吗？你根本不懂父亲的情感！"

拉尔拉嚷起来，轮到他生气了："我怎么不懂父亲的情感？我有5个儿子！我有5张嘴要养活！你别发脾气，稍微忍耐一下，听完我的话。"

巴里达札尔安静下来："说吧！"

"是这样，萨里瓦托尔付给咱们100万比索，这是给你和伊赫利安德尔的一笔财产。嗯，我也该有一份，总得有10万比索，他一付钱……"

"我们就向法院控诉吗？"巴里达札尔反问，他了解拉尔拉的为人，这样的主意他绝对想得出。

"还要稍微忍耐一下。我们还得向最大的报业康采恩的发行人和编辑们要一笔钱，至少得二三万比索，作为我们告知他们一件骇人听闻的罪行的报酬。然后，你就可以上法庭去争取要到你的儿子了。"

拉尔拉一口气喝干一杯酒，扬扬得意地朝巴里达札尔瞧了一眼："我的主意不错吧？你有什么意见？"

"我想儿子想得吃不下睡不着，你却建议把事情无限期地拖延下去。"巴里达札尔说。

"这为的是什么呀？"拉尔拉暴躁地打断他的话，"为的是什么呀？为了几百万比索！难道你不明白吗？你没有伊赫利安德尔也活过了20年了。"

"是活过了。但是，现在……总之，你写状子吧。"

拉尔拉明白继续反驳是没有用处了，他摇摇头，拔下腰间口袋的自来水笔，开始写状子。

过了几分钟，控诉萨里瓦托尔非法占有和残害巴里达札尔的儿子的控诉状写好了。

"我最后说一次，好好地考虑一下吧。"拉尔拉说。

"给我。"巴里达札尔一面说着，一面伸手拿诉状。

"交给总检察长，知道吗？"

巴里达札尔付了写状子的钱告辞了。望着他的背影，拉尔拉低声嘀咕着："讨厌的印第安人。祝愿你下楼梯摔跤，跌断一条腿！"

有感而发

　　巴里达札尔想尽快找回儿子，拉尔拉却希望通过这件离奇的案件获得大笔金钱。他也爱自己的孩子，却不能理解别人的爱子之心。人与人之间应该互相理解。

第三十一章

主教的拜访

> 萨里瓦托尔教授案件成为全城人关注的焦点，有一个爱干涉政治的主教拜访了检察长，他的观点是这样的……

一位稀客拜访了检察长，这客人是当地大教堂的胡安·德·哈尔西拉索主教。主教的脸孔削瘦苍白得惊人，他的势力很大，他更喜欢放下宗教事务去干涉复杂的政治，以此显示自己的才能和权势。他向主人问过好，很快就把谈话引向自己关心的问题上。

"我想知道，萨里瓦托尔教授案件的情况怎样了？"

"哦，原来大人关心这桩事！"检察长殷勤地高声说，"这是一件独特的案子！根据提供的线索，我们到萨里瓦托尔教授那里进行了搜查。对实施动物奇特手术这一点已得到充分证实。花园是个不折不扣的畸形动物工厂。这真了不起！"

"结果我在报纸上看到了，"主教温和地打断他的话，"他被捕了吗？"

"是的，他被捕了。此外，我们把那个名叫伊赫利安德尔的青年人请到城里来，作为物证和原告方面的人，那青年就是'海魔'。目前鉴定人和大学教授们正在研究所有的这些怪物。伊赫利安德尔被安顿在法院地下室里的一个大水缸里。"

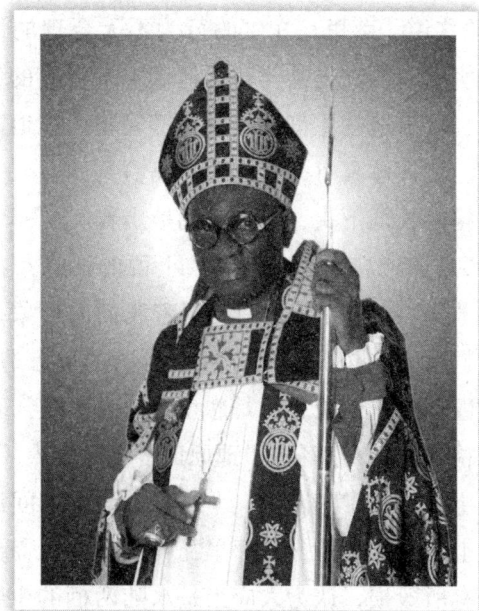

"我更想知道的是萨里瓦托尔的命运，"主教压低了声音问，"他应该受哪一条条文的制裁呢？他会被定罪吗？"

"萨里瓦托尔案是少有的特殊案件，"检察长答道，"老实说，我还没决定这种罪行属于哪一条条文。自然啦，最简单的是控诉萨里瓦托尔做非法的活体解剖和使这个青年变成残废……"

主教开始皱起眉头。

"那么说，充其量萨里瓦托尔仅仅是被控违反医学法规？"

"这已经是从严处理了。那些手术太奇特了，正常的人连想也不会想到。也许萨里瓦托尔是个精神病患者，那样的话他是没有责任能力的。"

主教抿紧薄嘴唇，一声不响地坐着说："我没料到您这样说。"

"什么？主教大人。"检察长大惑不解地问。

"您在确定犯罪事实上感到困难，我们神圣的教会法庭是用另一种眼光看萨里瓦托尔的行为的。"

"请讲。"检察长还是不明白。

"您说,萨里瓦托尔的行为不无合理的地方吗?您认为,他所残害的动物和人甚至获得他们本来没有的优点吗?这是什么意思呢?难道造物主创造人类不够完善,难道需要这么一位教授管闲事,使人体具有完善的形态吗?"

检察长低下头,一动不动地坐着。

"难道您忘记了《圣经》上说的话吗?在创世纪第一章第二十六节中:'神说:我们要照着我们的形象,按照我们的样式造人。'下面又讲到:'神就照着自己的形象造人。'而萨里瓦托尔胆敢毁损这个形象,可是您竟然认为这是合理的。"

检察长低声解释:"请原谅,主教大人。"

主教抬高了声音说:"您牢牢记得人间法律的条文,但是忘记了上帝法律的条文。萨里瓦托尔认为人需要有所改善、有所改造、有所毁损,认为人应当是水陆两栖的生物——并且您也认为这一切都是聪明的、合理的,难道这不是对上帝的指责,不是侮辱神圣,不是亵渎神明吗?"

主教终于停顿了一下,他很满意地看到检察长脸上无奈的谦恭的神情,他知道自己这番话对检察长产生了影响。为了显示自己的英明,主教继续高谈阔论:"我说过,我更想知道萨里瓦托尔的命运。难道我能对伊赫利安德尔的命运漠不关心吗?这个人甚至没有一个基督教的名字,因为按照希腊文,伊赫利安德尔是'人鱼'的意思。就算他不过是个牺牲者,他仍然是违抗上帝、亵渎神灵的人。他不应当存在!假如主召他归天,假如这个不幸的青年由于本身的畸形所造成的缺陷而死,那就是最好。"主教意味深长地朝检察长看了一眼。

"无论如何,一定要控告他,除掉他,剥夺他的自由。他也有一些犯罪的行为:偷渔民们的鱼,弄坏他们的网,把渔民们吓得这样厉害,以致停止打鱼,造成城里人没有鱼吃。令人作呕的伊赫利安德尔胆大妄为地向教会、向上帝、向天挑战!当他没有被歼灭以前,教会绝不放下武器。"

主教怀着满腔的仇恨继续他的指责，检察长的头越来越低。

最后，主教告辞的时候，检察长站起来，用低沉的声音说："作为一个基督教徒，我要把我的罪孽带到忏悔室去。我明白了萨里瓦托尔的罪行，他一定会被控告，会受到惩罚。伊赫利安德尔也逃避不了伸张法律正义的宝剑。"

有感而发 · · · · · · · · · · · · · · · ·

　　主教是个顽固的人，他看不得新生事物的出现。腐朽没落的旧事物、旧制度终究阻挡不住历史前进的潮流。新生事物代表了前进的方向，充满生机和活力，要以积极的心态接受。

第三十二章

天才的疯子

在法庭上，萨里瓦托尔泰然自若，人们很惊讶他的作为，科学鉴定人却做出了这样的结论……

这场官司并没有使萨里瓦托尔萎靡不振，他在狱中依旧泰然自若，一举一动充满自信，他以高傲的态度跟侦查员和鉴定人谈话。他的天性受不了闲散，他写了很多东西，做过几个出色的手术。监狱长的老婆长了恶性瘤，有死亡的危险，他挽救了她的生命。

开庭的日子到了。

宽大的法庭容纳不下所有想要听审的人，听众群集在走廊里，挤满了法院前面的广场，通过窗户朝里面张望。萨里瓦托尔泰然自若地坐在被告席上，他神情庄严，局外人甚至会以为他是法官。他拒绝请辩护人。

当然，人们对伊赫利安德尔更感兴趣，但他不在法庭上，在本案中，他只是原告方面的证人，按照检察长的说法，他不过是一件物证。控诉伊赫利安德尔的罪恶活动案将在萨里瓦托尔案之后另行开庭审理。

主教急着要处理萨里瓦托尔案，而收集伊赫利安德尔的罪证需要时间。主教不停地对检察长暗示，假如上帝收拾了这个伊赫利安德尔，那是顶好的解决办法。

三位大学教授作为科学鉴定人陈述他们的结论。

"根据法律的要求，"法庭首席鉴定人芮英教授开始发言，"我们检查过了曾在萨里瓦托尔教授的实验室里经他动过手术的动物和青年伊赫利安德尔。萨里瓦托尔教授施行手术时不仅应用最新的、完善的外科器械，像电刀、消毒用的紫外线等等，而且也使用一些外科医生们还不知道的器具，这些器具显然是依照他的指示制成的。归纳起来，这些试验是思想上非常大胆、实施上很出色的手术。这些试验有：移植组织和整个器官，把两只动物缝合，把用双器官呼吸的动物变成用单器官呼吸的动物，或者把用单器官呼吸的动物变成用双器官呼吸的动物，把雌的变成雄的以及使人返老还童的新方法。在萨里瓦托尔的花园里，我们发现许多属于各个不同的印第安部落的儿童和少年，年龄从几个月到 14 岁不等。"

"您看到这些儿童的状况怎样？"检察长问。

"所有的儿童都很健康，活泼愉快。他们在花园里嬉戏玩耍。他们中许多人是萨里瓦托尔从死神那里救出来的。印第安人信仰他，把重病的子女从遥远的地方带来。"

大厅里不知是谁长叹了一声，他向鉴定人问道："您是不是认为萨里瓦托尔的手术是有益的、合理的呢？"

一个面容严肃、白发苍苍的老头恐怕鉴定人做出肯定的答复，连忙干预："鉴定人对科学问题的个人看法法庭不感兴趣。请继续讲关于检查青年伊赫利安德尔的结果。"这个老头就是法院院长。

"他的身躯覆盖着人造鳞片，这是用一种柔韧、极结实、无人知道的物质造成的，"鉴定人继续说，"对这种物质的分析还没有做完。在水中，伊赫利安德尔有时戴着特制的、重燧石的玻璃眼镜，玻璃片的折射率很高，这使他在水里可以看得清楚。我们取下伊赫利安德尔身上的鳞片以后，发现两边肩胛骨下面各有一个直径 10 厘米的圆孔, 由 5 块很像鲨鱼鳃的薄片遮蔽着。"

大厅里的人极力压制着自己的情绪, 可还是不约而同地发出了惊讶的叫声。

"是呀," 鉴定人接下去说, "这似乎是不可思议的, 但是伊赫利安德尔确实具有人的肺, 同时又有鲨鱼的鳃。因此, 他能在陆上和水中生活。"

"水陆两栖人?" 检察长讽刺地问。

"不错, 双器官呼吸的水陆两栖动物。"

"可是伊赫利安德尔怎么会有鲨鱼鳃呢?" 法院院长问。

鉴定人大大地摊开两只手, 答道: "这是个谜, 也许萨里瓦托尔教授愿意给我们阐明这个谜。我们的意见是这样——根据海格尔的生物学定律, 每个生物在发育的时候都会重演该种生物在地球上千百年来所经历过的各种形态。可以确定地说, 人是从曾经一度用鳃呼吸的祖先演化而来的。"

检察长从椅子上稍微欠起身来。

"在人胎发育的第二十天, 有四层彼此贴着的鳃形折纹显现出来。但是, 过一些时候, 人胎的鳃表器官就改变了样子: 第一层鳃状物变为具有三根听觉小骨头的听道和欧氏管, 它下面一部分发育为下颚骨; 第二层变为舌骨的冠突和舌骨本体; 第三层变为喉头甲状软骨。

我们并不以为萨里瓦托尔教授能够在伊赫利安德尔的胚胎阶段制止他的发育。不错, 人们知道科学上有这种情况: 即使完全成年的人, 在颈上或下颚骨下面仍然有没有合口的鳃孔。这就是所谓颈疹。可是, 以这些残留的鳃, 当然不能在水中生活。胎儿发育不正常的时候, 会有两种不同的情况: 要么是鳃继续发育, 但是听觉器官和其他解剖学上的变化就不能发育了, 可是, 要是这样, 伊赫利安德尔会变成头部发育不全的半鱼半人的怪物; 要么是人胎正常发育, 但是鳃就会消灭。然而, 伊赫利安德尔是个发育正常的人, 有良好的听觉、充分发育的下颚骨和正常的肺。但是除此之外, 他有完全成形的鳃。鳃和肺究竟如何行使机能?

它们相互间的关系怎样？水会不会经过嘴巴和肺到达鳃？或者水会不会经过我们在伊赫利安德尔身上比圆鳃孔稍高的地方发现的小孔渗进鳃里？这些我们都不知道。假使我们做过解剖，也许可能答复这些问题。这是个谜，我重复一遍，这应该由萨里瓦托尔教授亲自答复。"

"您的总结论究竟是怎样呢？"法院院长问鉴定人。

芮英教授是享有盛名的科学家和外科医生，他坦率地答道："老实说，我对这件事一点也不懂。我只能说，萨里瓦托尔教授所做的，只有天才的人才可以办到。萨里瓦托尔显然认定，他的外科手术技巧达到了这么完善的地步，以至能够按照自己的意愿把动物和人的身体拆散、组合，使他们彼此适应。虽然事实上他是出色地完成了手术，但是他那狂妄的胆量和深远的思想简直接近……疯子。"

萨里瓦托尔轻蔑地冷笑一声。

他不知道鉴定人的目的是否要解救他，提出他因精神错乱没有责任能力的问题，以便有可能使他不坐牢而住进精神病院。

"我并没有肯定他是精神错乱的人，"鉴定人看见了萨里瓦托尔的冷笑后，接下去说，"但无论如何，依我们的意见，应该把被告送到精神疗养院里去。"

"法庭并没提出被告没有责任能力的问题，法庭将研讨这个新情况。"法院院长说，"萨里瓦托尔教授，您愿意解释鉴定人和检察长的几个问题吗？"

"愿意，"萨里瓦托尔答道，"我来解释，但愿这番说明也是我最后要讲的话。"

有感而发

　　为了拯救萨里瓦托尔，鉴定人故意说他是个疯子。人才难得，因此要尽力尊重人才、珍视人才，甚至在特殊情况下可以用特别的手段保护人才。

第三十三章

答辩或宣战

在法庭上，萨里瓦托尔陈述了自己大胆的想法，征服海洋会给人类带来巨大的改变。他是个伟大的科学家，但是他不能公布自己的研究成果……

萨里瓦托尔沉着地站起来，向法庭扫了一眼，脸上浮现出隐约可见的笑容，接着留心细看整个大厅，开始用目光寻找什么人。

"我在这大厅里找不到受害者。"他说。

"我就是受害者！"巴里达札尔突然一面大声嚷道，一面猛地离开座位。克里斯多赶快扯住兄弟的衣袖，要他坐下来。

"您说的是什么受害者？"法院院长问萨里瓦托尔。

"我指的是上帝。"萨里瓦托尔平静而又认真地回答。

"您这话什么意思？"法院院长问。

"我想法庭是应该明白这一点的，在这桩案件中，谁是主要和唯一的受害者呢？显然只有上帝。按照法庭的意见，我的行动侵犯了他的权利范围，破坏了他的威信。他对自己的创造物很满意，可是有一个医生跑出来说：'这造得很坏，需要修改。'于是，他按照自己的意愿，动手改造上帝的创造物……"

"这是渎神！我要求把被告的话记入记录里。"检察长带着自己的神圣情感被污辱了的表情说。

萨里瓦托尔耸耸肩膀。

"我只不过是转达起诉状的实质。难道不是所有的控诉都归结到这一点吗？我看过了卷宗。开头我只是被控做过活体解剖，造成残疾。现在，人家还加给我一个渎神罪。这股风是从哪儿吹来的，是不是从大教堂那一边呢？"

萨里瓦托尔教授朝主教望了一眼。

"您一手制造出这件诉讼案。在这个案件中，上帝以受害者的身份无形地站到原告一边，而被告席上，查理·达尔文以被告人身份和我在一起。也许，我的话使这个大厅里在座的某些人再一次感到不愉快，但是我仍然要肯定地说，动物的身体，甚至人的身体也并不是完美无缺的，所以需要修改。我希望，在这个大厅里的大教堂主持——胡安·德·哈尔西拉索主教证实这一点。"

这些话使大厅里所有的人都感到惊异。

"1915年，在我出发到前线去以前不久，"萨里瓦托尔接下去说，"我曾经在敬爱的主教的身体里做过小小的修改，替他割掉阑尾这件用不着的、有害的盲肠附属物。我记得我的宗教界病人躺在手术台上的时候，并不反对我用刀割去他身体的一小部分，当时也没认为那是对上帝的形象和样式的毁损。难道没有这件事吗？"萨里瓦托尔凝神望着主教问道。

胡安·德·哈尔西拉索一动不动地坐着，只是他那苍白的脸颊变得有些红，纤细的手指在微微发抖。

"当我还是私人开业行医，做返老还童手术的时候，不是有过另一桩事件吗？请求我做返老还童手术的就有可敬的检察长先生奥古斯多·德。"

检察长听了这些话，本来要提出抗议，但是他的话被群众的笑声淹没了。

"我请您不要岔开话题。"法院院长严肃地说。

"首先岔开话题的是法庭，而不是我。"萨里瓦托尔回答，"鉴定人说所有在此地的人昨天都是猿，甚至是鱼，因为他们的鳃状物变成了语言器官和听觉器官，才会讲会听，难道此地没有人被这个思想吓着吗？"接着，萨里瓦托尔转身向那个露出不耐烦神色的检察长说："放心吧！我并不打算在这里跟人争辩或者讲进化论。"停顿了一下，萨里瓦托尔接着说："不幸的倒并不是人从动物演化而来，而是人仍然是动物……粗野、狠毒、没有理性。其实，我既没有采取影响胚胎的方法，也没有采用使动物异种交配的方法。我是外科医生，我唯一的武器是刀子。作为一个外科医生，我替病人做手术的时候需要经常移植组织、器官、腺体，为了手术成功，我在动物身上做移植组织的试验。"

"我长时间在我的实验室内观察着做过手术的动物，力图查明和研究清楚：器官被移植到新的，有时甚至是不寻常的地方以后会发生什么情况。我观察完了，就把动物迁移到花园里。这样，我便建立起这个博物馆式的花园。我特别热衷于远种类间的动物交换组织和移植组织问题。比方说，把鱼类的组织移植到哺乳类动物身上，或者把哺乳类动物的组织移植到鱼类身上。在这方面，我做到了科学家们认为根本无法想象的事情。这有什么奇特的呢？我今天办得到的，明天普通的外科医生将会办到。芮英教授应当知道德国外科医生查爱尔索鲁赫最近所做的手术——他能用小腿代替有病的大腿。"

"可是，伊赫利安德尔呢？"鉴定人问。

"不错，伊赫利安德尔是我的骄傲。在给他施行手术时，困难不光是技术上的，我得改变人身所有的机能。在做初步试验的过程中，我弄死了6只猿才达到目的，才能给孩子做手术而不担心他的性命。"

"这究竟是什么手术呢？"法院院长问。

"我把小鲨鱼的鳃移植到孩子身上，孩子便能够在陆地生活，也能在水里生活。"

　　听众中间响起了一片惊讶的叫声。在大厅里的报馆记者飞快地跑到电话间去，连忙向编辑部报告这个新闻。

　　"后来，我获得了更大的成就。我最近的创作是水陆两栖猿。你们可以看到，它能够无限期地生活在陆上，或者生活在水里，对健康毫无损害。可是没有水，伊赫利安德尔只能生活三四个昼夜。长时间在没有水的陆地上，对他是有害的：肺疲劳过度，鳃干了，伊赫利安德尔就会感到肋部刺痛。可惜在我离家时，伊赫利安德尔违反了我规定的制度。他在空气中逗留的时间太久了，使自己的肺过度疲劳，他患了重病。他身体里的均衡被破坏了，所以大部分时间他应该在水里度过。他从水陆两栖人变成了人鱼……"

　　"请允许我向被告提一个问题，"检察长对法院院长说，"萨里瓦托尔怎么会想到创造水陆两栖人，他所追求的目的是什么？"

　　"因为人体本身并不完善，人在进化的过程中获得了一些优点，跟自己的动物祖先比起来这些优点是很大的，但是同时丧失了许多动物在低级阶段所具有的特长。举例说，水中生活对人有很大的好处，为什么人不恢复这种能力呢？从动物进化史上我们知道，所有陆地上的动物和鸟类都起源于水，从海洋出来的，有些陆地上的动物又回到水里，虽然它依旧是哺乳动物，像鲸鱼一样。鲸鱼和海豚都是用肺呼吸的。咱们可以帮助海豚变成肺鱼类的两栖动物。伊赫利安德尔向我请求过：使他的朋友——海豚李定能够长时间在水底逗留。我打算替海豚做这样的手术。作为第一条人中的鱼和第一个鱼中的人，伊赫利安德尔是无法不感到孤寂的。但是假使更多的人也到海洋中生活，我们的世界就不同了，那时人类会轻易地战胜威力强大的水。你们知道吗，全球海洋的面积约3.6亿平方公里，地球表面7/10以上是辽阔无边的海洋，人类在水里可以分好几层居住。数十亿人可以毫不觉得狭窄拥挤地安顿在海洋里。

　　"海洋的能力可大啦！你们知道吗？海水吸收太阳热的能力等于790亿马力的功率。假如热不散放到空气中，也没有其他损失，海洋早就沸腾了。它简直蕴藏着无穷的能量。陆地上的人类把它利用得怎样了呢？

"还有海流的能力，单是哥列福斯特里海流每个小时就推动着910亿吨水，而这仅仅是一条海流啊！陆地上的人把它们利用得怎样了呢？

"还有海浪和涨潮的能力。你们知道吗，波涛的冲击力在每平方米的表面上往往有3.8万公斤，即38吨。波浪抛起的高度达到43米，这时波浪可以抬起重达100公斤的东西。而涨潮的高度达到60米以上，足有四层楼的高度。人类把这些力量利用得怎样呢？

"海洋里蕴藏着丰富的资源和巨大的能量，可是人类几乎没有利用，我们做的仅仅是捕鱼，当然还只是在海洋最上面捕鱼。我们采集珊瑚、海藻和珍珠，在水底不过是建造桥和堤坝的支座，打捞沉没的船只，仅仅如此而已，而且还随时面临丧命的危险。"

萨里瓦托尔接着说："假使人不穿潜水服，不带氧气设备而能在水底生活和工作，那就不同了，人会在水底发现多少宝贝啊！就拿伊赫利安德尔说吧，他从海底给我带来了稀有金属和岩石的样品。还有沉没了的金银财宝，就拿'鲁济坦尼亚号'邮船来说吧。1916年春天，它被德国人在爱尔兰海岸附近击沉，除了1500个遇难乘客随身携带的珠宝以外，'鲁济坦尼亚号'船上装有大量的金币和金条，还藏有两小箱预定要运往阿姆斯特丹去的金刚钻，这些钻石中间，有一颗世界上最好的'哈里发'，价值亿万元。当然，就连像伊赫利安德尔这样的人也不能够下沉到很深的地方。要沉到更深的地方，必须创造出像深水鱼那样的能够忍受很大压力的人。这件事也不是绝对不可能，但也不是很容易做到的。"

"看来，您是把万能上帝的神通妄加在自己身上了？"检察长愤怒地说。

萨里瓦托尔不理会他的话，继续说："假使人能在水里生活，那么，开发海洋、开发海洋的深处就能大踏步地进行了。海洋对于我们不再是可怕的自然力，我们再也不必痛哭淹死的人了。"

所有在大厅里的听众都仿佛看见已经被人类征服了的水底世界，征服海洋会带来多么大的好处，甚至连法院院长也忍不住了，他问："那您为什么不公布自己的研究结果呢？"

"我并不忙着要坐到被告席上，"萨里瓦托尔微笑着答道，"而且，我担心在目前的社会条件下我的发明带来的害处比益处多。争夺已经围绕着伊赫利安德安开始了。是谁出于报复而告发我呢？就是这个把伊赫利安德尔从我这儿偷去的佐利达。"

萨里瓦托尔住了口，接着，骤然改变了腔调，继续说："不过，我不谈这一点了，否则，别人会把我当作疯子的。"萨里瓦托尔带着笑容朝鉴定人望了一眼，"我不接受做疯子的荣誉，我不是疯子，不是狂人，我实现了自己的很多想法，我的全部创作你们都亲眼看见了。如果你们认为我的行动是犯罪，按照法律从严判罪吧，我不请求宽容。"

有感而发

　　萨里瓦托尔是个天才的医生，他有精湛的医术和大胆的思想，把自己很多想法付诸实践并取得了成功。不怕做不到，就怕想不到。只有敢想敢做，才能到达成功的彼岸。

第三十四章
生死抉择

> 佐利达通过贿赂取得了伊赫利安德尔的监护权，巴里达札尔和他进行了一场生死搏斗，而主教却指使监狱长杀死伊赫利安德尔……

检查伊赫利安德尔的鉴定人不仅要注意这个青年的体质，也要注意到他的智力情况。

"今年是哪一年？本月份是哪一月？今天是几号？"

如此简单的问题他也回答不出来，但不能说他不正常。由于他独特的生活和教育条件，很多事情他都不知道。于是，鉴定人得出结论："伊赫利安德尔是没有行为能力的。"这使他免受审判。法院撤销控诉伊赫利安德尔的案件，指派人监护他。有两个人表示愿意做伊赫利安德尔的监护者：佐利达和巴里达札尔。

佐利达当然有他的目的，为了再度占有伊赫利安德尔，他不惜花费十颗价值昂贵的珍珠收买法庭和委任监护人会议的成员，他快要达到目的了。

巴里达札尔以自己是父亲做理由来争取监护权，可是很倒霉，不管他怎样努力，鉴定人都宣称：他们不能够只根据一个证人——克里斯多的口供来确定他们的父子关系。

克里斯多搬到兄弟家里居住，他为巴里达札尔担心起来。巴里达札尔快要疯了，他一连好几个小时坐着沉思，忘记了睡觉吃饭。但有时心情忽然又极度兴奋，在铺子里跑来跑去，大声叫喊着："我的儿呀，我的儿呀！"不管克里斯多怎样劝说和开导，一点效果也没有。

巴里达札尔到监狱去，他哭着哀求看守人，最后好不容易进入了伊赫利安德尔住的牢房。

这不大的房间有一个装着铁栏杆的狭窄的窗口，光线黯淡，屋里闷热，气味难闻。看守人懒得换水箱里的水，又不肯费心清除在地板上腐烂的鱼，这些鱼是给这个不寻常的囚犯吃的。

巴里达札尔走到水箱跟前朝浑浊的水面望了一眼。

"伊赫利安德尔！"巴里达札尔轻声呼唤。

水面泛起涟漪，但青年并没有从水里露面。

巴里达札尔伸出颤巍巍的手，探进水里，手触着了肩膀。

伊赫利安德尔那湿漉漉的头突然从水箱里出现。他微微欠起身，露出肩膀，问道："谁呀？您有什么事？"

巴里达札尔跪下来，伸出两只手，快嘴快舌地说："好好看一看我吧！难道你不认得自己的父亲吗？"

水从伊赫利安德尔浓密的头发慢慢地淌到苍白的脸孔，从下巴滴下来。他忧愁地、有点惊讶地瞧着面前的老印第安人。

"伊赫利安德尔！"巴里达札尔叫起来，"好好瞧着我吧。"老印第安人突然搂住青年的头，拉到自己身边。

为了避开这突如其来的亲昵，伊赫利安德尔使劲拍水，使水漫过箱边，流到地板上，也溅了巴里达札尔一脸。

这时候，外面有个人正在张望，那人就是佐利达。

有一个人的手揪住了巴里达札尔的衣领，把他提到空中，抛到屋角去。

巴里达札尔睁开眼睛，看见面前站着佐利达。只见他左手拿

着一张纸，一边得意地挥动着，一边叫嚣："看见了吗？这是派我做伊赫利安德尔的监护人的命令。明天早晨我就把他带回我家里。明白吗？"

巴里达札尔躺在地上，用沙哑的嗓音低声唠叨着什么，突然，他猛地跳起来，狂叫一声，向自己的敌人扑过去。佐利达被撞倒在地。巴里达札尔从佐利达手中夺过那张纸，塞进自己嘴里，一场激烈的搏斗开始了。

看守人从搏斗的双方都得到一笔巨大的贿赂，所以不想干预他们，只是看到佐利达狠狠用手掐住巴里达札尔，要出人命了，看守人才着急起来，赶紧警告他住手。

气得七窍生烟的佐利达不理睬看守人的警告，眼看巴里达札尔就要被掐死了，这时候，牢房里出现了另一个人。

"好极了！监护人先生在练习执行自己的监护权吗？"这是萨里瓦托尔的声音。接着，他转向看守人说："您看什么？难道您不知道自己的职责吗？"听见吵闹声，别的看守人也跑来了，很快把打斗的两人拉开。

"把打架的人带出去，"萨里瓦托尔对看守人命令道，"我要

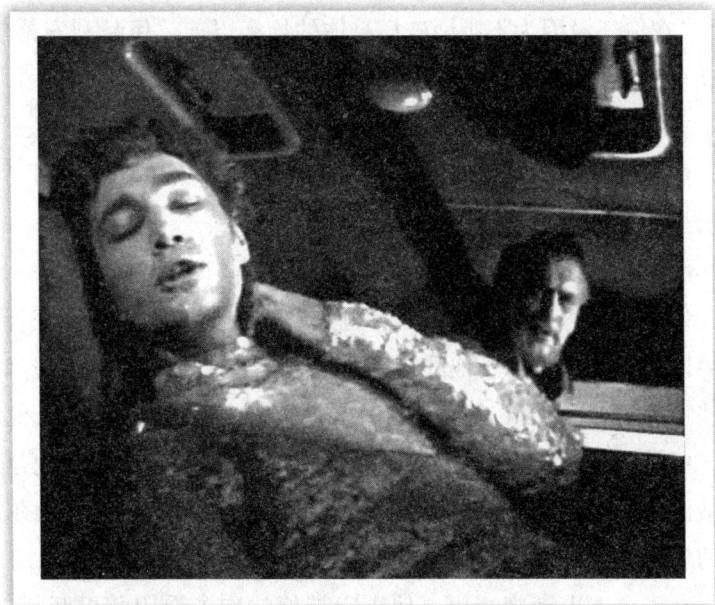

和伊赫利安德尔两人单独留下。"

　　等到走廊里沉寂之后，萨里瓦托尔走到水箱跟前，对从水里探出头来的伊赫利安德尔说："起来，到房间当中来，我需要检查你一下。"

　　萨里瓦托尔轻轻敲着伊赫利安德尔的胸膛，细听着青年若断若续的呼吸声。

　　"你气喘吧？"

　　"是的，爸爸。"伊赫利安德尔答道。

　　萨里瓦托尔说："你决不能在空气中逗留这么久的。"

　　伊赫利安德尔低下头沉思，后来突然抬起头说："爸爸，为什么大家都可以，我却不能呢？"

　　萨里瓦托尔要经受得住这隐藏着责难的目光，这比他在法庭上答辩难得多，但萨里瓦托尔经受住了。

　　"因为你具有任何一个人所没有的能力——在水中生活的本领……假使让你选择，伊赫利安德尔，像大家一样也生活在陆地上，或者只生活在水里，你选择哪一样呢？"

伊赫利安德尔想了想答道："现在我宁愿选择海洋。"

"在你还没因为不听话破坏身体的均衡以前,伊赫利安德尔,你还可以选择。现在你只能在水中生活了。"

"不过不要生活在这种肮脏的水里,我要到汪洋大海里去!"

萨里瓦托尔抑制住叹息,离开了伊赫利安德尔,走进自己的牢房里。

萨里瓦托尔在窄台子旁边的矮凳上坐下,沉思起来。

像任何外科医生一样,他有过失败。在他的手术达到完善的境界以前,不少人由于他的错误在他刀下丧了命。他从未想到过那些牺牲者,死几十个人,救几千人,这样的结果完全令他满意。但是,他认为自己要对伊赫利安德尔的命运负责任,他是自己最优秀的作品,此外,他像对儿子一般爱他,伊赫利安德尔现在的病和今后的命运使他焦虑。

有一个人也满腹心事,他决定带他的狗去看望萨里瓦托尔,狗是他忠实的朋友,他们谈话的时候,两条狗可以在门外站岗。

这时,有轻轻的叩门声。

"请进来。"萨里瓦托尔说。

"教授先生，我不打扰您吧？"进来的是监狱长，他轻声问。

监狱长走到萨里瓦托尔面前，小声对他说："教授，您救了我妻子，我终身感激您。我爱她……"

"别感谢我，这是我的责任。"

"我要报答您。"

监狱长把声音压低得像耳语似的，继续说："我仔细考虑过了，我宁可泄露职务上的秘密、国家的秘密……甚至犯罪。"

萨里瓦托尔微微动了动。

"怎么样？讲下去吧！"

"主教极力坚持杀死伊赫利安德尔，他们给我毒药，看样子是氰化钾。今天晚上，就要我把毒药掺到伊赫利安德尔的水箱里去。监狱医生被收买了，他将证实是您把伊赫利安德尔变成水陆两栖人的手术使他死亡的。可是我不愿意杀死伊赫利安德尔。在这么短的时间内要搭救您和伊赫利安德尔差不多是不可能的。但是，搭救您一个我能办得到。我全都考虑过了，您的性命更加重要。您可以创造出另一个伊赫利安德尔，但是世界上没有人能创造出另一位萨里瓦托尔。"

萨里瓦托尔走到监狱长面前，握了握他的手，说："谢谢您，可是我不能为自己接受您这种牺牲。您会被他们逮住，受到审判的。"

"谈不到什么牺牲！我考虑过了。"

"请等一等。不过，要是您能救伊赫利安德尔，我宁可牺牲自己！"

"我把这个当作您的命令接受。"监狱长说。

监狱长走出去以后，萨里瓦托尔微微一笑，自言自语道："这样也好，谁也得不到这个引起争端的苹果。"

萨里瓦托尔在房间里来回踱着，轻轻地说："可怜的孩子。"接着走到桌子跟前写了些什么，又到门口敲了敲门。

"请监狱长到我这儿来。"

监狱长来到的时候，萨里瓦托尔对他说："还有一个请求，您能不能安排我跟伊赫利安德尔见一次面呢？最后的见面!"

"再容易不过。"

"请快些带领我到伊赫利安德尔那里去吧!"

萨里瓦托尔在牢房里出现时，伊赫利安德尔觉得奇怪。

"伊赫利安德尔，我的儿子，"萨里瓦托尔说，"我们不得不分手了，而且，这次离别也许是永久的。你的命运使我担心，你周围有成千上万的危险……假使你留在这儿，你会死去。

"你应该在安全的地方，并且尽可能离这儿远些。这种地方是有的，它在南美洲的西部，太平洋的土阿莫土群岛，或者叫作低地群岛的一个岛上。有两条路可以走，你可以从北方走，或者从南端绕过南美洲往西方去。两条道路各有优点和缺点。北方的路稍微远一点。此外，选定了这条路，你得从大西洋经巴拿马运河游入太平洋，这是很危险的，人家会捉到你，尤其是在水闸里，你稍一不小心就会被轮船压死。但是，你在绝大部分时间里可以在深水里游。经过南端的道路比较近些，然而，走这条路线你要在南方寒冷的海水里、靠近浮冰的边界游，特别是如果你要绕过火地岛的合恩角，麦哲伦海峡风浪非常大，在这些旋涡里，甚至你在水底也会粉身碎骨。

"我建议你多走些路，绕着合恩角走。海水是逐渐变冷的，我希望你能逐渐习惯，保持身体健康。关于食物，你没有什么可担心的，海洋里到处都有。你用我为你定制的特殊仪器来确定经纬度，不过这些仪器会使你觉得有点儿累赘，而且束缚行动的自由……"

"我带李定去，它背行李。难道我能够跟李定分离吗？"

"好极了。你会到达土阿莫土群岛的，剩下的是找到这个幽静的珊瑚岛。这小岛有个标志：它上面矗立着一根桅杆，桅杆上挂着一条大鱼作为风标。"

萨里瓦托尔使伊赫利安德尔养成了耐心倾听的习惯。但是他讲到这里时，伊赫利安德尔还是忍不住了："我在有鱼风标的岛上会找到什么呢？"

　　"找到朋友，找到忠实的朋友，还有他们的关怀和体贴。"萨里瓦托尔答道。

　　"那里住着我的一位老朋友——法国科学家阿尔孟·维里布，著名的海洋学家。他们从我的信上知道你，我相信，他们会把你当作他们家庭的成员……你的存在是能写成一部科学著作的，你将为科学服务，从而为人类服务。

　　"还有一点忠告：你一到海里，也许就在今晚，你立刻经过水底隧道游回家，拿了航海仪器、刀和其他东西，找到李定，在太阳升上海面以前便动身。

　　"再见了，伊赫利安德尔！不，别了！"萨里瓦托尔流着泪，转身离开了。

有感而发

　　监狱长是个懂得感恩的人，他要拯救萨里瓦托尔。但萨里瓦托尔对伊赫利安德尔怀有深厚的感情，非常关心他的未来和命运，把这次宝贵的机会让给了他。感恩是爱的桥梁，它使我们走向光明的未来，拥有美好的明天。

第三十五章

通往自由之路

> 奥列仙一直想搭救伊赫利安德尔，但是不成功，没想到监狱长竟然会是他意外的合作者。奥列仙赶着运水车进了监狱……

奥列仙从纽扣厂下班回家，他刚坐下吃饭，有人敲门。

"谁呀？"奥列仙问，疲惫的他很不满意这时候有人打扰。

门开了，走进来的是古绮爱莱。

"古绮爱莱！是你吗？你从哪儿来的？"奥列仙又惊讶又高兴，他马上从椅子上站起来迎接她。

"你好！奥列仙，"古绮爱莱说，"继续吃你的饭吧。"接着，她倚着门说："我再也不能够跟丈夫和他母亲一起生活了。佐利达……他竟敢打我。所以我离开了他，完全离开了，奥列仙。"

这使得奥列仙激动得忘记了吃饭。

"别忘了你是在阿根廷，佐利达要是找到你，那时候……你自己晓得，他不会让你安宁的。你是他合法的妻子，法律和社会舆论都袒护他。"

古绮爱莱考虑了一下，坚决地说："那又怎样！我到加拿大，到阿拉斯加去……"

奥列仙严肃地说："咱们来考虑一下这个问题。你留在这儿当然会有危险的。我自己也早打算离开此地了，转到美国或者欧洲去……你知道萨里瓦托尔医生和伊赫利安德尔都在坐牢吗？"

"伊赫利安德尔？找着他了？他为什么坐牢呢？我能见见他吗？不能搭救他吗？"

"我一直想搭救他，却不成功。但没想到监狱长竟然会是我们意外的合作者，今天夜里他要放出伊赫利安德尔。我刚才接到两张简短的便条：一张是萨里瓦托尔写的，另一张是监狱长写的。"

"我要见伊赫利安德尔！"古绮爱莱说，"我可以一起去吗？"

奥列仙考虑了一下。

"我想，不可以，"他回答，"而且你最好不见伊赫利安德尔，他有病，但是作为鱼，他是健康的。"

"我不明白。"

"伊赫利安德尔再也不能够呼吸空气了。要是他又看见你，将会怎样呢？对他来说，这会很难受，不错，也许你也难受。伊赫利安德尔想见你，甚至想留下和你在一起，但是离开水的生活会把他完全毁掉的。"

古绮爱莱低下头。

"他和其余所有的人之间有着不可逾越的障碍物——海洋。伊赫利安德尔的命运是注定了的。今后，他只能在水里生活了。"

"可是他怎样在海洋里生活呢？独自在浩瀚无边的海洋里，一个人在鱼和海怪中间吗？"

"他以前在自己的水底世界里是快活的，在没有接触到人类之前……"

古绮爱莱涨红了脸。

"不过时间会医治好一切，他甚至会找到已经失去了的安宁，他将在鱼和海怪中间过着快乐的日子。"

不知不觉天快黑了，房间里也越来越暗。

"我该走了。"奥列仙说。

古绮爱莱也站起来。

"我至少可以从远处看看他吧？"古绮爱莱问。

"当然可以，如果你不暴露自己的话。"

"好，我答应。"

奥列仙又嘱咐了一些细节之后，两人着手准备出发。当奥列仙穿着运水工人衣服，赶着车进入监狱的时候，天色已经完全黑了。

守监人叫住他："你是干什么的？"

"运海水给'海魔'。"奥列仙照着监狱长教他的话回答。

奥列仙把运水车赶到监狱前，拐过屋角，那里有一扇供职工进入牢狱的门，监狱长已经准备好一切。伊赫利安德尔由监狱长陪伴着，自由地走出监狱。

"快些跳进桶里吧！"监狱长说。伊赫利安德尔马上跳进奥列仙运水车上的大桶。

奥列仙用缰绳抽打着马，从监狱出来，从容不迫地沿着阿列瓦大街走，经过里杰罗货运火车站，通往海边。

在他后面不远的地方，隐约有一个妇人的影子。

奥列仙走出城的时候，已经是漆黑的夜晚，他们终于到了海边。风很大，波浪冲上岸，碰到石头，哗啦啦地粉碎了。

"是时候了！"奥列仙转过身，向古绮爱莱做了一个暗号，叫她藏在岩石后面，然后敲敲桶，叫道，"到了！出来吧！"

桶里露出一个头。伊赫利安德尔环顾一下，迅速爬出来，跳到地上。

"谢射你，奥列仙。"伊赫利安德尔用湿漉漉的手紧握着奥列仙的手，他呼吸急促，像是气喘症发作。

"没什么，别了！你要当心。别游近岸，提防着人类，免得又被抓住受奴役。"奥列仙当然不知道伊赫利安德尔从萨里瓦托尔那里得到了什么嘱咐。

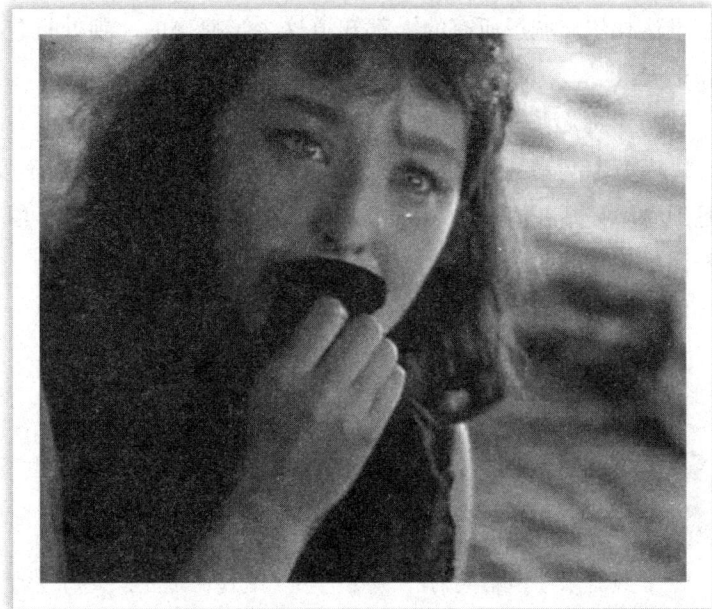

“是的，是的，”伊赫利安德尔气喘吁吁地说，“我将游到很远很远的地方去，到幽静的珊瑚岛，那里没有一只船会去的。谢谢你，奥列仙！”说完他跳进了海里，刚刚游离海岸，他突然扭过头来说：“奥列仙，奥列仙，不管什么时候，如果你见着古绮爱莱，请代我问候她，并且说我会永远记得她！”

“别了，古绮爱莱！”接着他便沉入水中。

“别了，伊赫利安德尔……”站在岩石背后的古绮爱莱流着泪水轻声回答。

很多年过去了，萨里瓦托尔服刑期满，回家又从事科学研究，他准备到一个遥远的地方去旅行。

克里斯多继续在他那里服务。

佐利达购置了一艘新帆船，在加利福尼亚湾采珍珠。

古绮爱莱和丈夫离了婚，嫁给奥列仙，他们搬到纽约居住。

有时候，在闷热的夜里，年老的渔民们在夜晚的寂静中听见神秘的响声，便对年轻人说：“‘海魔’就是这样吹海螺的。”接着他们讲起“海魔”的传说来。

　　布宜诺斯艾利斯只有一个人永远忘不了伊赫利安德尔，那就是巴里达札尔。城里所有的人都知道这个半疯癫的、到处行乞的老印第安人。

　　"瞧，'海魔'的父亲来了。"

　　每逢海上起暴风雨时，这个老印第安人就会变得特别不安。他赶到海岸，站在海边的岩石上叫喊着："伊赫利安德尔！伊赫利安德尔！我的儿子。"

　　他不停地叫喊着，直到暴风雨停息。

　　大海用永恒的沉默保守着自己的秘密……

有感而发

　　曾经是水陆两栖人的"海魔"去了遥远的地方，人们过着自己的日子，他们也明白了很多道理：辛勤劳动是创造财富的正当途径；真心相爱的人更懂得珍惜幸福；亲情是世间最永恒的感情。